LE DERNIER

DES

PIRATES

PAR

D. DE MERVILLE

AVEC GRAVURES DANS LE TEXTE

ROUEN

MÉGARD ET Cie, LIBRAIRES-ÉDITEURS

BIBLIOTHÈQUE MORALE

DE

LA JEUNESSE

———

4ᵉ SÉRIE GRAND IN-8ᵉ RAISIN

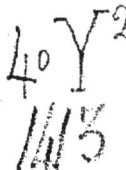

Un jeune homme traversait l'île dans toute sa largeur.

LE DERNIER

DES

PIRATES

PAR

D. DE MERVILLE

AVEC GRAVURES DANS LE TEXTE

ROUEN
MÉGARD ET Cie, LIBRAIRES-ÉDITEURS
1888

LE

DERNIER DES PIRATES.

~~~~~~

I.

Figurez-vous bien, ami lecteur, qu'en vertu du pouvoir de la baguette magique appelée *l'imagination*, je
vous ai transporté en plein océan Pacifique.

Sous nos yeux, se joue sur les flots, à peine ridés
par une brise légère, un bâtiment de cette forme élégante qui assure la rapidité de la marche, et dont les
corsaires du commencement du siècle et les yachts de
nos jours semblent s'être réservé la spécialité.

Certes, le schooner en question eût pu être un de

ces navires d'agrément sur lesquels les amateurs de sport nautique se donnent comme un aperçu de la grande navigation. Il était assez admirablement tenu pour cela ! Mais si amateur d'émotions qu'on puisse être, on ne s'expose pas d'ordinaire de gaieté de cœur dans les parages dangereux dont nous parlons, dangereux à un double titre : par les récifs de corail qui enserrent chacune des iles verdoyantes dont ils sont semés, et par la férocité des insulaires qui vous accueillent sur ces mêmes iles.

Ce n'était donc point un yacht.

Le capitaine de ce bâtiment était un de ces hommes qui semblent créés dans le but unique de commander à leurs semblables. Non seulement il était dans la force de l'âge — quarante ans à peine — d'une taille et d'une vigueur musculaire peu communes, mais il possédait aussi une de ces voix de basse admirablement timbrées qui forcent l'attention et fascinent l'oreille de leurs auditeurs. Elle pouvait moduler les accents les plus doux, et par conséquent charmer les femmes et les enfants, comme elle pouvait au besoin dominer les hurlements de la tempête et apporter une sorte de sérénité confiante à ceux qui étaient sous ses ordres.

Toutefois c'était plutôt encore la physionomie du

capitaine qui lui faisait instinctivement accorder une

Yacht à vapeur.

supériorité tacite dans n'importe quelle sphère d'action
le sort le plaçait. Quoiqu'elle fût d'une beauté irré-

cusable, elle se distinguait surtout par une gravité
singulière, une mâle énergie. Une détermination
inflexible se lisait sur chacun de ses traits. Ses cheveux noirs frisaient en masses de petites boucles courtes
autour d'un front noble et élevé. Une fine moustache
dessinait l'arc de sa lèvre supérieure, mais le reste de
sa figure était soigneusement rasé. Quant à ses yeux,
ils étaient de ce bleu indéfinissable qui peut exprimer
tour à tour les passions les plus intenses ou une tendresse infinie.

Il était vêtu d'une chemise de flanelle et d'un pan-
talon de couleur sombre, dont les extrémités se per-
daient dans des guêtres de drap marron, peu compa-
tibles avec la profession de leur propriétaire. De fins
souliers et une sorte de toque complétaient ce costume
sévère, dont la seule partie éclatante était une riche
ceinture écarlate, d'où pendait un long couteau,
enfermé dans sa gaîne de cuir. Tel qu'il était, il ne
manquait pas de pittoresque,

Mais voici qu'à l'horizon se détache sur l'azur du
ciel la silhouette élégante des palmiers. On approche
d'une île, et bientôt l'ancre est jetée. Une chaloupe
est mise à la mer, et le capitaine, accompagné de
deux hommes qui font force de rames, se dirige
vers le rivage, sur lequel, pour l'intelligence de

notre histoire, il est de notre intérêt de le devancer.
En effet, tandis que le bâtiment relevait la hauteur

On s'approche d'une île, et bientôt l'ancre est jetée.

de l'île, des événements d'une nature beaucoup moins
paisible se passaient sous ses ombrages verdoyants.

Un jeune homme d'une stature athlétique et d'une
beauté peu commune traversait l'île dans toute sa largeur. Il suivait pour cela les sinuosités d'un sentier
frayé dans les bois de cocotiers, sans s'apercevoir,
sans se douter qu'il était suivi par une ombre hideuse
et farouche. Cette ombre, qui se glissait de buisson
en buisson avec la démarche rampante du serpent et
ses mouvements ondulatoires et souples, était celle
d'un sauvage. Cet homme, armé d'une courte lance,
avait évidemment pour but de faire naître l'occasion
de loger cette dernière dans le flanc de l'inconsciente
victime de sa rage.

Tandis que le bel adolescent et le haineux sauvage
descendaient ensemble les pentes escarpées de la
montagne, le premier s'arrêtait fréquemment pour
interroger l'horizon, dès qu'une échappée de mer
s'offrait à lui au milieu de la luxuriante végétation
particulière à ces îles favorisées. Les occasions se
multipliaient donc pour le meurtrier ; et certes, si ses
yeux, qu'une effroyable pensée de vengeance faisait
sortir de sa tête, eussent eu une puissance mortelle,
le jeune Européen n'eût jamais atteint le rivage. Heureusement, il arrive encore assez fréquemment que la
lâcheté accompagne le déchaînement des passions
violentes et en paralyse quelque peu l'effet. C'était le

cas. Le sauvage connaissait de longue date la bravoure
indomptable de Henri Stuart, qui n'avait point de
rival dans les divers exercices corporels.

Peu de temps auparavant, en défendant la maison
de sa mère, attaquée par des sauvages, le jeune homme
avait renversé Keona d'un coup de son redoutable
poing. C'était assez pour allumer dans le cœur de ce
misérable tous les feux de l'enfer et développer en lui
le désir de se venger. Mais c'était également assez
pour qu'il redoutât une rencontre où un coup mal
dirigé pouvait le mettre à la merci d'un si puissant
adversaire.

Pendant toutes ces hésitations, le jeune homme
avait quitté le couvert des grands bois et arrivait à
l'espace libre qui précédait la baie et où il ne pouvait
être question de le suivre inaperçu. Keona rebroussa
donc chemin, laissant Henri Stuart achever tout
seul sa promenade ininterrompue. Il ne renonçait pas
à ses projets, il en différait seulement l'exécution.

— Pas encore arrivé, monsieur Gascoyne, murmura
le jeune homme en fronçant le sourcil. Vous étiez
autrement ponctuel jadis, ce me semble. C'est tout de
même une chose étrange, inexplicable, que je sois
sans cesse employé à faire le courrier entre la maison
et cette baie, et tout cela pour la plus grande satisfac-

tion d'un homme qui ne me paraît pas meilleur qu'un
autre, qui ne me plaît pas, tant s'en faut, et vers lequel
je me sens pourtant attiré par je ne sais quel sentiment
indéfinissable.

Arrivé à ce point de son monologue, le jeune
homme se tut et s'absorba dans une profonde rêverie.
Cependant plus d'une heure s'était écoulée, et, comme
sœur Anne, il ne voyait rien venir. Il cherchait à
tromper son impatience en ramassant des coquillages,
en examinant des varechs, en flânant, en un mot;
puis la lassitude le gagna, et que ce fût prudent ou
non, il s'allongea sur un lit de sable et se prit à
dormir comme on dort à vingt ans.

Il dormit longtemps sans doute; car la gracieuse
silhouette du schooner eut le temps d'apparaître à
l'horizon, de se rapprocher de la côte et d'envoyer à
terre une embarcation avec le capitaine et deux hommes.
Or, juste au moment où le capitaine tournait l'angle
du rocher qui abritait la retraite du dormeur, il
vit un sauvage penché sur lui, le bras levé et brandissant sa lance. Cette vision fut l'affaire d'un éclair.

Dix secondes plus tard, un cri d'angoisse éveillait
les échos d'alentour, et le bras levé du meurtrier
retombait sans force à son côté, laissant échapper la
lance, qui s'abattit en plein sur le visage du jeune

endormi. On juge quel fut son réveil. D'un bond il fut sur pied et lancé sur les traces de Keona, que son bras cassé n'empêchait pas de courir comme un lièvre. Sitôt que le capitaine et ses hommes virent comment tournait l'aventure, ils se hâtèrent de se joindre à la poursuite, en s'excitant par des cris réitérés.

Toutefois, nous l'avons dit, Henri Stuart était passé maître dans tous les exercices du corps. C'était donc un coureur de première force. Il ne tarda pas à appréhender l'ennemi ; non au collet — il était presque tout nu — mais par la peau du cou, et à le renverser à terre, où le peu intéressant personnage resta bon gré mal gré, tournant vers son vainqueur des regards désespérés qui disaient assez qu'il n'attendait point de quartier.

Henri Stuart lui mit le genou sur la gorge, et, brandissant à son tour un long couteau de chasse, il dit à son prisonnier :

— Ainsi, misérable, notre première rencontre ne t'a pas suffi ! Tu avais envie de savoir si cette lame était bien trempée !...

Le sauvage ne comprenait pas l'anglais. Mais il est une mimique universelle qui n'a pas besoin d'être interprétée. La main gauche du jeune homme lui serrait la gorge au point que la respiration lui manqua ;

tandis que de la droite il dirigeait la pointe de l'acier
de manière à toucher la région du cœur.

Ayant ainsi convaincu son lâche adversaire qu'il
tenait sa vie entre ses mains, Henri Stuart, qui était
d'une nature aussi généreuse que brave, ferma son
couteau et relâcha son prisonnier, auquel il tourna le
dos avec mépris. Le misérable s'éloignait en trem-
blant, lorsque le capitaine et ses hommes arrivèrent
sur le théâtre de la lutte.

— Bien fait, Henri, mon garçon, cria le capitaine,
mais il n'était que temps! Si je fusse arrivé une
minute plus tard, le sable de la baie eût bu, je le
crains, le plus pur de ton sang.

— C'est donc vous qui avez tiré si à propos, capitaine Gascoyne? Voilà la seconde fois que je vous suis
redevable de la vie, dit le jeune homme en serrant la
main qui lui était tendue.

— Bah! qu'est-ce que c'est que cela? Tout autre en
eût fait autant à ma place; et, à vrai dire, mon cher,
à en juger par l'expression de ton regard, on croirait
que tu aimerais autant avoir cette obligation à ce *tout
autre qu'à moi.*

— Il ne s'agit pas de juger l'expression du regard
et surtout celle d'un homme qui sort des griffes d'un
sauvage, répondit vivement le jeune Stuart. Mais

La main gauche du jeune homme lui serrait la gorge.

tenez, capitaine , pour être franc jusqu'au bout, puis-
qu'aussi bien vous vous en êtes aperçu, ce que vous
dites est vrai. Vous n'êtes pas mon ennemi ; je n'ai
pas de raison de vous en vouloir , au contraire, et
cependant j'aime mieux vous voir les talons que la
figure.... D'ailleurs, vous savez bien pourquoi.

— C'est me faire trop d'honneur que de m'attribuer
une si parfaite connaissance de tes sentiments intimes,
répliqua Gascoyne, sur le front duquel la colère jeta
un nuage passager. Je n'ai jamais pu deviner la cause
de ta déraisonnable antipathie pour quelqu'un qui ne
t'a jamais rien fait.

— Rien fait ! s'écria Henri en tressaillant et en
lançant un regard courroucé à son compagnon.

Mais, par un violent effort, il se contraignit et
ajouta d'un ton plus doux :

— Allons ! trêve à ces paroles oiseuses. Il me reste
à m'excuser de la vivacité de mon langage en ce
moment où vous venez de me rendre un signalé service.
Nous différons d'opinion sur un ou deux points. Ce
n'est pas une raison pour se quereller. A propos, voici
un billet que ma mère m'avait envoyé vous porter.

Le capitaine s'empara de la lettre et la parcourut
d'un coup d'œil rapide. Son front s'était rembruni.

— Il paraît que j'ai été un messager de

mauvaises nouvelles, remarqua le jeune homme.

— Pas déjà si bonnes ! On m'avise que l'Angleterre nous a gratifiés de la présence d'un de ses bâtiments de malheur ! Dans quel but ? Je me le demande.

— Et qu'est-ce que la visite d'un vaisseau de l'Etat peut faire à un honnête trafiquant de bois de sandal ?

— Ta question prouve ta complète ignorance des usages arbitraires des vaisseaux de guerre. Ne sais-tu pas que la nature même du commerce dans lequel je suis engagé m'oblige à être fortement armé, et que l'opinion des officiers de la marine royale à cet égard diffère absolument de la mienne ? Il se pourrait fort bien que le commandant de la frégate qui fréquente ces parages m'obligeât à lui remettre une dizaine de mes meilleurs hommes, ce qui me placerait dans l'im-possibilité absolue de continuer mon commerce. Même, reprit-il après un silence, deux précautions valent mieux qu'une.

Et, faisant signe à un des matelots qu'il avait amenés à terre avec lui :

— Retourne au bâtiment, lui dit-il, et avise le second d'avoir à faire mettre à terre dix hommes avec armes et bagages. Que ceux-ci se tiennent soigneuse-ment cachés, mais prêts à me rejoindre au premier signe.

II.

L'endroit vers lequel Henri Stuart emmenait ses hôtes était un petit centre de colonisation, situé de l'autre côté de l'île, et où s'étaient groupés autour des colons européens un certain nombre de sauvages convertis au christianisme.

Il y avait six ans que la veuve Stuart avait débarqué dans ce délicieux coin de terre, accompagnée de son fils Henri, alors âgé de treize ans, qui annonçait déjà le garçon déterminé que nous connaissons. Aussi avait-il eu bientôt fait de construire une modeste habitation en troncs d'arbres, que chaque année avait vue s'enrichir de nouveaux conforts, si bien qu'au moment où nous l'apercevons dans l'éloignement, la demeure des Stuarts ressemble à un pittoresque pavillon de chasse ou à une coquette villa éblouissante de blancheur dans son nid de verdure embaumée.

Mme Stuart, femme frêle et délicate, qui avait dû être d'une grande beauté, était le bon ange, la providence de Sandy-Cove. C'était auprès d'elle qu'on venait en toute occasion chercher secours ou consolation, certain que ni aide ni sympathie n'avaient jamais été refusées à personne. Cependant ses cheveux prématurément blanchis et les rides profondes qui sillonnaient son front, indiquaient assez qu'elle avait dû parcourir un rude sentier. Mais rien n'avait altéré la noblesse de ses traits, ni diminué la somme d'affection souriante qu'on voyait rayonner dans ses yeux bleus si doux.

Mme Stuart était un sujet intarissable de commérages pour les bavards de Sandy-Cove — il y en a partout! — On flairait autour d'elle un mystère. Les uns disaient qu'elle devait être la veuve d'un amiral pour le moins, et que, ruinée par des revers assurément immérités, elle était venue cacher son infortune dans ces régions lointaines. D'autres affirmaient qu'elle était un émissaire des jésuites, un espion du gouvernement, que sais-je encore! Quoi qu'il en fût, personne ne s'avisait de se livrer à aucune de ces hypothèses en présence de son fils, qui en imposait à tous par la largeur de ses épaules et son humeur peu endurante, dès que des questions personnelles étaient en jeu.

Tandis que Henri et ses hôtes faisaient honneur à la collation qu'ils avaient trouvée servie chez Mme Stuart, un observateur attentif eût pu remarquer les efforts que faisait cette dernière pour réprimer quelque violente émotion intérieure ; mais un seul s'en était aperçu, et cela pour en prendre ombrage. C'était son fils, dont la colère venait d'être réveillée par la familiarité de Gascoyne à son arrivée chez sa mère. Il profita d'un moment où celle-ci quittait la salle à manger pour la suivre sous un prétexte futile. Il la rejoignit dans la laiterie.

— Mère, fit-il d'un ton respectueux, mais moins tendre qu'à l'ordinaire, il y a quelque mystère que tu me caches au sujet de ce Gascoyne. Je suis sûr que tu pourrais l'éclaircir.

— Mon cher Henri, interrompit précipitamment Mme Stuart toute pâlissante, je t'en supplie, ne me demande rien à cet égard. Je ne saurais te satisfaire.

— Dis que tu ne *veux* pas, mère, repartit le jeune homme désappointé.

— Je le ferais si je l'osais, continua la veuve, et le temps viendra peut-être où....

— Pourquoi pas maintenant? reprit le fils avec ardeur. Voilà quatre visites que cet homme nous fait, et chaque fois, je suis plus cruellement froissé du sans-gêne qu'il témoigne en ta présence. Quel autre voyons-nous se permettre ces libertés de paroles? Ah ! si tu ne paraissais pas les tolérer, il y a longtemps que j'y aurais mis bon ordre. De quel droit t'appelle-t-il Marie? Quel autre s'arroge ici....

— C'est un vieil ami, interrompit la veuve triste-ment. Nous avons joué ensemble dès notre première enfance.

— Je sais bien que cela y est pour quelque chose. Cependant tu ne peux dissimuler que sa présence est toujours pour toi un nouveau sujet de chagrin. Pour-quoi accorder tant de valeur à des souvenirs insigni-fiants après tout? Un mot de toi, mère, et je jette cet homme dehors, de telle sorte qu'il ne s'avisera plus de venir troubler ta quiétude.

— Chut ! mon fils, tu es trop violent !

— Violent? Eh quoi ! n'y a-t-il pas de quoi faire bouillir le sang de voir sa mère tourmentée comme cet homme te tourmente? Je soupçonne....

— Henri, crois-tu ta mère capable de faire quelque

chose de mal? répliqua Mme Stuart en tournant son beau regard vers son fils.

— Oh! mère..., répondit-il avec une soudaine énergie en la serrant contre son cœur. Néanmoins, ma conviction est que ta trop grande bonté te porte à te laisser faire du mal par cet homme.... Eh bien! voilà encore ce mal-appris qui beugle. Il n'a pas eu assez de jambon, je parie!

En effet, la voix de basse de Gascoyne ébranlait la petite maison en répétant le nom de Marie.

Celle-ci s'empressa de rentrer, suivie de près par son fils, qui ne prit pas même la peine de dissimuler le froncement de ses sourcils.

— Oh! Marie, votre jambon est parfait; il y a au moins un an que je n'ai rien mangé de si exquis. Donnez-nous-en une autre tranche, et vous serez la meilleure femme du monde.

En ce moment la porte s'ouvrit, et le commandant de la frégate *le Talisman* entra dans la salle à manger. C'était un homme bien jeune pour occuper un poste aussi élevé; mais il avait fait ses preuves et était digne de la faveur qui lui avait été accordée.

— Bonjour, madame Stuart. J'espère que vous me pardonnerez ma brusque intrusion; mais j'ai pour excuse une affaire urgente. Je viens demander à votre

fils de me fournir encore quelques renseignements sur
ce diable de pirate qui nous a donné tant de mal ces
derniers temps.

— Volontiers, répondit le jeune Stuart en prenant
son chapeau. Je suis à vos ordres.

— Peut-être, si le commandant Montagne condes-
cendait à écouter un étranger, pourrait-il obtenir des
données précieuses sur le fameux corsaire Durward,
car je présume que c'est de lui que vous voulez
parler.

— Je serai enchanté de recueillir des informations
de quelque part que ce soit, répondit Montagne en
scrutant la physionomie de ce nouvel interlocuteur.
Êtes-vous un habitant de l'île ?

— Non ; je n'ai d'autre demeure que la mer.

— Ah ! je comprends. Vous avez eu maille à partir
avec ce Durward et vous lui en voulez, s'écria Montagne en souriant. Vous a-t-il vraiment causé beaucoup d'ennuis ?

— Ah ! il peut s'en vanter, le misérable ! s'écria
Gascoyne avec énergie. Nul sur ces mers n'a plus à
s'en plaindre que moi, et celui qui en débarrasserait
le grand Pacifique pourrait se vanter d'avoir bien
mérité de l'humanité. Mais, ajouta-t-il, pour lui rendre
justice, il faut convenir que c'est un fier homme ! Il a

un équipage qui ne craint ni Dieu ni diable, et plus
disposé à donner la chasse à une corvette elle-même
qu'à lui montrer les talons. Je suppose que vous
êtes bien monté et bien armé, commandant, car ce
Durward vous donnera du fil à retordre, je vous en
réponds.

Le jeune officier fut froissé de cette réflexion.

— Votre anxiété à mon sujet n'a pas de raison
d'être, monsieur. N'eussé-je que mon canot pour atta-
quer ce fameux pirate, il serait de mon devoir de le
faire, et je le ferais. Je ne me serais pas attendu à
semblable remarque de la part d'un homme qui me
paraissait au-dessus de ces mesquines frayeurs. Si
cela peut vous rassurer, d'ailleurs, je puis vous affirmer que je suis bien monté et bien armé. L'Angleterre
n'a pas l'habitude d'envoyer ses représentants si loin
sans leur fournir les moyens de faire respecter son
pavillon. En outre, point n'est besoin d'avoir passé
tant d'années sur mer pour ne pas connaître la différence entre une frégate et une corvette.

— Ne vous emportez pas, jeune homme, répondit
Gascoyne avec une urbanité sévère. Vous n'êtes point
ici sur le pont de votre navire, et un peu plus de civi-
lité ne nuit jamais entre étrangers. Mettons que je
suis fort ignorant des différences qui caractérisent les

divers bâtiments d'une flotte. Cela n'a rien de surpre-
nant. Je ne suis qu'un modeste trafiquant de bois de
sandal sur des mers où il est rare de voir flotter le
pavillon des vaisseaux de guerre, et je ne songeais
point à vous offenser en vous recommandant d'être sur
vos gardes.

La voix de Montagne n'avait pas dépouillé toute
ironie lorsqu'il répondit :

— Je vous rends grâce de votre avis charitable ;
mais venons au fait. Que savez-vous de ce Durward,
comme il se fait appeler, bien qu'il ait dû voyager
sous assez d'*alias* pour en avoir oublié son véritable
nom ?

— C'est un coquin.

— Vous ne m'apprenez rien.

— Et cependant on dit qu'il donnerait beaucoup
pour s'amender et renoncer à ce genre de vie.

— Les plus grands criminels ont de ces remords.
Ne savez-vous rien de plus précis, voyons?

— C'est le cauchemar de mon existence, reprit
Gascoyne, que la colère agitait de nouveau. Il ne se
contente pas de me hanter comme une ombre, il me
suscite toutes les difficultés possibles en faisant passer
son bâtiment pour le mien chaque fois qu'il est sur le
point d'être pincé.

Le jeune officier dirigea son regard surpris vers son interlocuteur.

— Vraiment! dit-il. Mais comment cela peut-il se faire? Les deux schooners se ressemblent-ils assez pour se prêter à cette confusion?

— Je le crois bien, ils sont jumeaux. Ils furent bâtis dans le même chantier et sur le même modèle. On les destinait au commerce que fait encore le mien. L'un des deux, le *Vengeur*, fut capturé dès son premier voyage par ce Durward; l'*Ecume*, le mien, persiste dans sa destination première.

— Ah! s'écria Montagne, qui ne se lassait pas d'interroger la belle physionomie du trafiquant, c'est vraiment de la chance que je vous aie rencontré, monsieur Gascoyne. Je ne mets pas en doute que vous ne vous empressiez de me montrer l'*Ecume*, afin que du premier coup d'œil, je puisse reconnaître le *Vengeur*.

— Tout disposé à vous accompagner. La seule différence entre les deux est que le pirate porte une tête de griffon peinte en rouge, tandis que le mien porte un buste de femme d'une blancheur éclatante. Il y a en outre une ligne rouge sur le flanc du pirate, tandis que celui de l'*Ecume* est tout noir.

— Voulez-vous venir à bord? Nous prendrons la chaloupe et nous irons ensemble.

— Tout de suite ? Je le regrette, mais c'est impossible. Je suis venu pour des affaires qui ne sont pas terminées et ne souffrent aucun retard. Mais vous n'avez pas besoin de moi ; mon second vous accueillera comme il convient et vous fournira tous les renseignements que vous pouvez souhaiter.

Le capitaine de l'*Ecume* prit son chapeau et se dirigea vers la porte. Montagne le rappela.

— Pardon, vous ne m'avez point encore dit où et quand vous avez eu votre dernière rencontre avec ce pirate qui s'entend si bien à se faire passer pour d'autres.

— Pas plus tard que ce matin, répondit gravement Gascoyne.

— Quoi ! il serait actuellement dans ces eaux ?

— Il y est. Pourquoi ? Je l'ignore. Soit qu'il médite de me jouer quelque nouveau tour, soit que sa destinée l'ait conduit dans la gueule du lion....

— Bien ! il verra que je mords avant de rugir, fit Montagne.

— Vous devez vous tromper, Gascoyne, interrompit ici le jeune Stuart, qui avait jusqu'alors écouté sans se mêler à la conversation. Pas mal de nos gens sont allés pêcher dans les îles environnantes et n'ont rien aperçu de suspect.

— Cela se peut, mon garçon ; néanmoins, moi qui
le parle, je l'ai vu, et je serais fort surpris si d'ici peu
il ne fait pas parler de lui plus que cela ne te sera
agréable; Ce scélérat n'apparaît jamais quelque part
sans un motif grave.

En ce moment, la porte fut de nouveau ouverte avec
fracas, et un petit bonhomme de douze ans entra,
criant comme un fou :

— Le pirate ! le pirate ! Il a déjà massacré la
moitié des nègres !

Il s'arrêta court en se voyant en si nombreuse compagnie, et ce fut avec peine que Henri Stuart put lui
arracher les nouvelles dont il était porteur, et qui au
fond se réduisaient à ceci : Des inconnus avaient été
vus le matin même, courant après un indigène tout
sanglant ; on en avait conclu que le bateau à l'ancre
était le corsaire dont les exploits faisaient si grand
bruit et que l'équipage était descendu à terre pour se
livrer à toutes sortes d'excès.

Néanmoins, à l'audition de ce récit, Gascoyne dit à
Montagne :

— Retournez à votre bord, commandant, et prenez
vos dispositions pour vous assurer la capture de ce
Durward, qui ne saurait vous échapper. Et si vous avez
besoin d'une partie de mon personnel pour organiser

une battue dans la montagne; vous pouvez compter sur moi.

— Nous nous reverrons, répondit Montagne en saluant avec raideur.

Et il y avait dans le ton dont il proféra ces paroles ou une ironie ou une menace.

III.

Gascoyne devait avoir ses raisons pour préférer regagner son schooner par terre plutôt que par mer. A peine Montagne s'éloignait-il d'un côté, que lui se préparait à refaire le trajet qu'il avait déjà fait dans la société de Henri Stuart ; mais cette fois il ne se fit accompagner que de Bumpus, son matelot. Il en résulta qu'il arrivait à son bord longtemps avant que le jeune commandant, si bien monté qu'il fût, n'eût fait le tiers du circuit qui le séparait de l'*Ecume*.

La nuit était splendide, et pas un souffle de brise ne ridait le miroir des eaux, lorsque le capitaine, debout sur le rivage, fit entendre un son étrange, ressemblant à s'y méprendre au gémissement d'une chouette. Ce cri sembla éveiller un écho immédiat, et quelques minutes après, un léger canot manœuvré par un seul homme approchait de la grève.

— Qui va là? demanda une voix.

— C'est bon! répondit Gascoyne. Le second est-il à bord?

— Oui, capitaine.

— Une partie de l'équipage a-t-elle gagné la terre?

— Plus de la moitié, capitaine.'

Ce fut tout.

Un peu plus tard, Gascoyne était en grande conférence avec son second; mais les deux hommes ne paraissaient pas s'entendre, et leur conversation s'échauffait.

— Je vous dis que cela ne se peut pas, Manton, disait Gascoyne avec impatience.

— Ce que je suggérais là était dans l'intérêt du navire, répliqua l'autre. Même si vous réussissez dans votre tentative, vous perdrez quelques-uns de nos gaillards; et bien que les meilleurs assurément soient à terre, le commandant du *Talisman* nous trouvera encore trop nombreux et nous rognera les ailes. Cependant vous connaissez le danger de n'être pas en force dans ces mers redoutables.

3

— Mais alors que me conseillez-vous? reprit le
capitaine, que sa décision habituelle semblait avoir
abandonné.

—- Ce que je conseille? Vous me le demandez?
Arborer nos couleurs. Dans une heure, nous pouvons
avoir pris position, débarrassé maître Jacques de ses
couvertures, coulé un des meilleurs vaisseaux de Sa
Majesté britannique, et au point du jour avoir disparu.
C'est simple et élémentaire comme bonjour.

— Couler une frégate! Peste! vous n'y allez pas
de main morte. Nous poser catégoriquement en
pirates, et l'année prochaine, à pareille époque, avoir
à tenir tête à la moitié d'une flotte anglaise !

— Eh bien ! est-ce au capitaine Gascoyne à se
montrer si timoré ?

— Timoré, moi ! Soit, comme vous voudrez ; j'ai
mes raisons pour tenter de rester ici. Que la dame
blanche prodigue donc ses sourires à notre visiteur.
Un autre motif pour rejeter votre programme, c'est
qu'il est impraticable. Il serait impossible de faire tout
ce que vous proposez et de réunir nos hommes pour
lever l'ancre à l'aube. Et ce fou de petit Montagne ne
s'est-il pas mis en tête que je suis le pirate Durward !

Idée baroque qui fit rire aux larmes le second du
bâtiment.

La conversation à voix basse durait depuis longtemps déjà quand un bruit de rames annonça que
le jeune commandant de la frégate avait tenu sa promesse. Bientôt il fut sur le pont et ne put cacher sa
surprise d'être accueilli par Gascoyne lui-même.

— Le capitaine Gascoyne peut se vanter d'être
excellent marcheur; il faut qu'il ait eu des motifs bien
puissants pour faire si bon usage de ses jambes depuis
notre dernière rencontre.

— Le plaisir de faire les honneurs de son bord à un
officier de la marine anglaise est une raison plus que
suffisante pour déterminer un modeste marchand à
s'accorder une promenade charmante par une aussi
belle nuit, répondit courtoisement le capitaine. Puis,
à vrai dire, je me suis souvenu que les vaisseaux de
guerre étaient aptes à faire des emprunts aux équipages de la marine marchande ; et j'ai pensé que ma
présence ici ce soir ne serait point de trop.

— Comment ! se récria Montagne, vous êtes-vous
figuré, par exemple, que votre bras, si puissant qu'il
soit, puisse m'empêcher de donner suite à ma volonté,
s'il me convenait d'appliquer un usage parfaitement
reçu en temps de guerre ?

— Non, c'eût été une fatuité dont je suis inca-
pable ; mais j'ai pu nourrir l'espérance que les expli-

cations que je suis à même de fournir sur les dangers
de notre commerce détourneraient le commandant
Montagne d'user de ses droits en cette occasion.

— Je n'en suis pas si sûr que cela, reprit Montagne. Cela dépendra beaucoup de la nature de vos
explications. Combien d'hommes avez-vous?

— Vingt-deux.

— C'est énorme. Il n'en faut pas tant pour manœuvrer un bâtiment de cette dimension.

— Mais ils ne sont pas trop quand il s'agit de
repousser une attaque de sauvages à laquelle nous
sommes exposés partout où nous jetons l'ancre.

— Peut-être bien, répondit Montagne, sur l'esprit
duquel la droiture et la sincérité du capitaine commençaient à produire un excellent effet. Vous n'avez pas
d'objection à me laisser examiner vos papiers et votre
bâtiment?

— Pas la moindre, répondit Gascoyne en souriant ;
et quand bien même j'en aurais, cela serait tout un
auprès de quelqu'un qui a le droit et le moyen de se
faire obéir, ajouta-t-il en lançant un coup d'œil
significatif au canot plein de marins armés jusqu'aux
dents qui attendaient leur capitaine.

L'examen auquel se livra ensuite Montagne fut des
plus minutieux et des plus sévères, quoique ses pre-

miers soupçons eussent été dès l'abord dissipés par la simplicité des explications de Gascoyne. Néanmoins rien d'incorrect et de suspect ne vint frapper son regard, et il dut convenir qu'il avait affaire à un respectable voilier marchand, bien digne de son estime.

— Ainsi, vous me dites que ce bâtiment est la contre-partie de celui du fameux pirate? Vous devez me pardonner de vous avoir soupçonné d'être ce même Durward naviguant sous de fausses couleurs. Montrez-moi donc les points de différence que vous avez l'un avec l'autre, de peur que si je vous apercevais au large, je n'eusse la malechance de loger mes boulets dans votre flanc.

— La carcasse de mon navire est entièrement noire, reprit Gascoyne, tandis que je vous ai dit qu'une étroite bande rouge distingue celle du *Vengeur*. En outre, la belle dame qui guide l'*Ecume* à travers les flots est remplacée chez l'autre par un griffon rouge mieux approprié à la destination du pirate.

Tandis qu'il parlait, le bruit lointain du canon vint faire tressaillir les deux interlocuteurs.

— Qu'est-ce? demanda Montagne.

— Le commandant du *Talisman* doit mieux qu'un

autre pouvoir interpréter le bruit de ses canons.

— Vous avez raison ; mais je suis moins que vous
habitué à ces pays de laves et de volcans, et j'ai cru,
je l'avoue, que ce bruit inattendu avait été causé par
quelque bouleversement de la nature. Quoi qu'il en
soit, venant de mon vaisseau, ce bruit est assurément
un signal. Je me vois contraint d'abréger ma visite.
Mais, auparavant, faites ranger vos hommes sur le
pont.

Gascoyne comprit bien ce que cette formalité présa-
geait. Mais, ayant envoyé ses meilleurs matelots à
terre, il se préoccupait peu, somme toute, d'en perdre
un ou deux de ceux qui restaient. Montagne en
choisit un et le fit sortir des rangs. Il avait une mine
triomphante en se laissant dévaler dans le canot.
Mais Montagne ne se borna pas à cela. Il désigna
Bumpus pour prendre place auprès de son camarade.

Gascoyne, qui comptait le laisser à la veuve Stuart
comme homme de confiance, réclama en vain. Montagne fut inexorable et sauta dans la chaloupe avec sa
proie.

Il n'y avait pas un quart d'heure que le canot
filait à force de rames lorsque le premier marin choisi
par le commandant se leva tout d'une pièce et lui
dit :

— Vous avez été indignement trompé, commandant. Le schooner que vous venez de visiter est un
pirate. Je le crierais sur les toits quand cela devrait
me faire mourir.

L'équipage s'arrêta net, et les hommes s'entre-
regardèrent.

— Oseriez-vous l'affirmer? questionna Montague.

— C'est un fait, et mon camarade ici présent peut
le certifier.

— Je m'en garderais bien, répondit vivement
Bumpus, dont l'honnête figure prédisposait autrement en sa faveur que la scélérate physionomie du
premier.

Ce Bumpus, engagé depuis peu par Gascoyne et
n'ayant rien vu de nature à confirmer les dires de
son compagnon, les attribuait tout naturellement
au désir de faire arriver des désagréments à son capitaine, et ne se souciait pas de courir le risque d'être
pendu pour le plaisir de jouer un mauvais tour à un
innocent.

— Lequel de vous deux faut-il croire? demanda
Montague.

— Celui que vous voudrez, répondit Bumpus avec
insouciance.

— Cela ne me regarde pas, ajouta l'autre avec

humeur. S'il vous plaît de laisser échapper le drôle, c'est votre affaire.

— Silence, misérable ! cria Montagne, poussé à la colère autant par l'incertitude où le jetaient ces assertions contradictoires que par l'impertinence de cet homme.

Toutefois, avant qu'il eût pu décider le parti qu'il lui convenait de prendre, un nouveau coup de canon fit résonner tous les échos de la montagne, bientôt mis en émoi par un second.

— Voici qui tranche la question. Aux rames, enfants ! aux rames !

Et, sous l'énergique impulsion de seize rameurs vigoureux, la chaloupe du *Talisman* disparut dans la nuit.

IV.

Le jour suivant était un dimanche. La petite église
du village retentissait des chants de l'office divin,
quand un coup de feu éclata au dehors, détonation
à laquelle répondirent les hurlements farouches des
sauvages. Après l'affaire survenue entre Henri Stuart
et Keona, on pressentait un conflit entre la population
indigène et les colons. Mais on avait espéré que l'attaque serait retardée jusqu'au lendemain lundi ; néanmoins chacun était armé en cas de surprise, et la partie mâle de la population se précipita vers la sortie,
tandis que femmes et enfants se laissaient tomber à
genoux.

Dix minutes plus tard, une mêlée sanglante cou-
vrait la place principale de Sandy-Cove. Les assail-
lants s'étaient figuré surprendre les chrétiens à l'improviste, de sorte qu'ils n'avaient pas même formé de
plan d'attaque. A un signal donné, on devait se pré-
cipiter sur l'église, et un massacre général devait
promptement mettre fin à la lutte.

Les précautions prises dérangèrent ce plan si
simple. A la première clameur, Gascoyne s'était
élancé vers la porte, suivi de près par Henri Stuart et
le commandant du *Talisman*, avec la poignée
d'hommes bien armés qui l'avaient accompagné à
terre.

— Reste où tu es, mère chérie, s'écria Henri en
contraignant sa mère à se rasseoir toute tremblante.
C'est ici le lieu le plus sûr pour toi.

La veuve joignit les mains, et une ardente prière
s'échappa de ses lèvres.

L'impétuosité de l'élan de ces deux hommes fut
telle, qu'ils se trouvèrent bientôt à une des extrémités
de la place, seuls et cernés par un groupe d'une trentaine de sauvages.

Henri était armé d'une lourde claymore, dont l'exté-
rieur accusait plusieurs siècles de bons et loyaux services. Quant à Gascoyne, qui n'avait pas prévu cette

extrémité, il n'était revenu à Sandy-Cove qu'avec son
couteau de chasse. Aussi avait-il saisi le premier objet
venu pour s'en faire une arme, et il maniait légèrement
une lourde pelle de fer qui se transformait entre ses
mains en une redoutable massue.

C'était tout à fait par hasard que l'adolescent et
l'homme fait se trouvaient réunis en cette heure de
péril. Leur force peu commune, jointe à un courage
indompté, leur avait fait apercevoir en même temps le
point le plus menacé, sur lequel ils s'étaient instinctivement portés ; ils y avaient fait de tels prodiges de
valeur, que, malgré leur nombre, les sauvages avaient
reculé ; et peut-être les héros du jour se fussent-ils
trouvés dégagés, si Keona, l'ennemi personnel de
Henri, l'homme auquel, trop généreux, le jeune Stuart
avait accordé la vie, ne se fût aperçu que ses deux
mortels ennemis étaient dans une position critique. Il
fit donc un détour, et, croyant déjà les tenir en son
pouvoir, portant sa lance de la main gauche, il se précipita vers Henri, qu'il ne pouvait manquer de trans-
percer de part en part.

Malheureusement pour lui, la rage qui l'aveuglait
lui fit commettre une imprudence. Il poussa un
rugissement tellement haineux , que Gascoyne le
distingua parmi les autres et se retourna à temps pour

interposer sa lourde pelle entre la lance et la poitrine
du jeune homme. La lance sauta en l'air comme un
fétu ; puis, du contre-coup de son arme, Gascoyne
assomma le sauvage avec lequel Stuart était pris corps
à corps. Toutefois, cela ne lui suffisait plus. C'était à
la vie de Keona qu'il en voulait maintenant. Le capitaine de l'*Ecume* chercha donc à le joindre ; mais son
impulsion fut trop violente, et tous deux roulèrent à
terre. Les sauvages, se prévalant de cette chute, bon-
dirent en avant pour en finir avec ce terrible jouteur
qui leur avait fait tant de mal.

Mais Henri veillait. Sa vieille claymore, puissamment maniée, mit hors de combat les plus avancés et
donna à réfléchir aux suivants. C'était assez pour que
Gascoyne eût le temps de se relever.

— Allons ! au moins cette fois nous sommes
quittes, s'écria le jeune homme, tout en se précipitant
vers un nouvel assaillant.

A ce moment, un des colons victorieux sur un autre
point arrivait à la rescousse ; cinq minutes après, le
reste du groupe d'indigènes prenait la fuite, et le
petit noyau d'Européens était libre de se porter sur
quelque autre point menacé.

Il ne faudrait pas croire que l'équipage du *Talisman*
fût resté passif tout ce temps. A la première alarme,

les chaloupes avaient reçu l'ordre d'amener à terre toutes les forces disponibles de la frégate. Toutefois le bâtiment était loin ; il avait fallu le temps de s'armer, de distribuer des munitions, et les événements sur le rivage s'étaient précipités avec rapidité. Les canots étaient donc à peine à mi-chemin, que déjà la mêlée était ardente, sans que du bateau on pût prévoir quelle en serait l'issue.

Bien au contraire, Mulroy, le second de Montagne, qui suivait anxieusement les péripéties de la lutte, voyait avec sa lunette d'approche ce que ne voyaient pas les colons de Sandy-Cove, à savoir, une nouvelle horde de sauvages qui descendait prudemment le flanc de la montagne pour écraser les blancs sous le nombre.

Dans cette embarrassante extrémité, le lieutenant Mulroy adopta une mesure aussi hardie qu'aventureuse : il fit charger à mitraille trois canons de fort calibre ; et bien qu'il courût la chance que ses projectiles, dirigés vers la montagne, ricochassent dans la plaine et atteignissent amis aussi bien qu'ennemis, pour éviter la jonction des deux bandes, il crut devoir encourir cette responsabilité.

Pendant ce temps, Montagne, auquel on avait d'un commun accord remis le commandement général de

la défense, allait donner l'ordre de rallier les forces et
de courir sus aux sauvages débandés, quand les cris
des survenants lui démontrèrent désagréablement que
ce qu'il prenait pour une victoire n'était guère qu'un
avantage et que la lutte allait recommencer de plus
belle. Il se consultait encore sur le parti à prendre,
quand une détonation formidable éclata, et l'on vit
successivement trois sillons sanglants se creuser dans
cette masse mouvante. Ce bruit effroyable et le car-
nage qui l'accompagnait semblèrent paralyser la horde
entière, car tous demeurèrent à la fois immobiles et
muets.

— Bien pensé, Mulroy, cria Montagne. En avant,
les enfants, et chargez fort et ferme !

Une immense acclamation répondit à cet ordre exécuté avec un entrain admirable et porta une plus profonde terreur dans l'âme des ennemis. Ils n'atten-
dirent pas le choc ; mais, saisis de panique, ils
pirouettèrent sur leurs talons et prirent la fuite dans
toutes les directions.

La poursuite eût donc pu être considérée comme
superflue, si, en se retournant vers le village, on n'eût
vu qu'une partie des maisons étaient en flammes, et si
un petit soulier trouvé par hasard dans un endroit
écarté n'eût amené la découverte que la fille d'un des

principaux colons, charmante enfant de douze ans que
tout le monde chérissait, avait disparu, enlevée par ce
même Keona à figure de démon, déjà apparu plusieurs
fois dans le cours de notre récit.

Henri Stuart, à cette nouvelle, fit un geste de rallie-
ment et commença de nouveau à gravir la montagne.
Il fut froissé de voir que seuls les chrétiens indigènes
le suivaient. Ni les colons ni les deux capitaines
n'avaient bougé à son appel.

— Ne prends pas la mouche, mon garçon, dit
Gascoyne en lui faisant signe de revenir. Ton sang est
jeune et ardent. Tu ne peux supporter l'inaction ; mais
nous, tes aînés, nous sentons le besoin de peser nos
actes et nous sommes en plein conseil de guerre. Viens
y prendre part.

On donna successivement la parole à tous les
colons pour indiquer ce qu'il fallait faire, Montagne
s'étant de bonne foi déclaré incompétent du moment
qu'il s'agissait de lutter de ruse avec les sauvages et
de les poursuivre sur un terra... inconnu. Le résultat
de ce long conciliabule fut que chacun déclina
d'assumer sur sa tête cette responsabilité.

Cependant il fallait agir.

— Allons, Gascoyne, dit enfin Henri, vous connaissez les us et coutumes des sauvages mieux que

qui que ce soit, et vous m'avez dit que l'île n'avait plus de mystères pour vous.

— C'est vrai, il n'y a pas un défilé ou une caverne qui ne me soient familiers.

— Alors que conseillez-vous ? demanda Montagne.

— Si un officier de la marine de l'Etat voulait condescendre à se laisser guider par un officier de la marine marchande, je pourrais peut-être indiquer ce qu'il convient de faire.

— Je peux accorder ma coopération à quiconque se montre digne de confiance, répondit Montagne piqué.

— Alors, répondit Gascoyne, permettez-moi de vous le dire, une chasse désordonnée comme celle que l'on nous propose dans la montagne, serait plus nuisible qu'utile. Il faudrait nous diviser en trois bandes. Une bande, sous la direction de M. Masson, tournerait la passe des Chèvres pour couper la retraite à ces brutes ; l'autre, sous les ordres de mon ami Stuart, battrait les buissons du côté où l'on a retrouvé les traces d'Alice, et la troisième, composée du *Talisman* et de son équipage, gagnerait le côté nord de l'île et bombarderait le village indigène.

— La passe des Chèvres, mon cher monsieur Gascoyne, est un admirable casse-cou, fort apprécié, je n'en doute pas, par celles qui lui ont donné leur nom, mais peu commode à parcourir pour des chrétiens qui ont des membres à ménager, remarqua M. Masson avec humeur ; car il était puissamment gros et de plus poussif. Cependant, si vous n'avez rien de mieux à me donner à faire, il faudra bien que je m'en contente.

— Il me semble, reprit impétueusement Montagne à son tour, que vous auriez pu m'assigner une tâche plus glorieuse et plus utile que celle d'aller massacrer des femmes et des enfants. Le village indigène ne renferme plus autre chose. Tous les hommes valides n'ont-ils pas pris part à l'expédition ?

— La passe des Chèvres n'est pas aussi terrible que vous la dépeigniez, répondit Gascoyne ; d'autant plus que le *Talisman* peut vous déposer à un endroit d'où la montée, si elle est raide, aura du moins l'avantage de n'être pas longue. Quant à votre répugnance à bombarder un village en torchis, monsieur Montagne, je m'étais figuré qu'un officier de la marine anglaise serait assez rompu à la discipline pour accomplir son devoir sans s'enquérir si ce devoir lui était agréable ou non.

— Assurément, c'est dans ces conditions-là que j'accomplis mon devoir, reprit Montagne, fort échauffé ;

4.

mais reste à savoir depuis quand vos ordres *à vous*
constituent mon devoir *à moi.*

Le sourire aimable avec lequel Gascoyne écouta
cette sortie était plutôt de nature à irriter l'officier
anglais qu'à l'apaiser. Cependant il domina la colère
qui grondait sourdement en lui, tandis que le capitaine
de l'*Ecume* continuait :

— Sans aucun doute, le bombardement d'un
village abandonné de ses défenseurs naturels n'a rien
de fort récréatif en lui-même ; seulement il est bon de
considérer le résultat que l'on cherche. Ce résultat est
assez important pour qu'il vaille la peine d'être mis
en ligne de compte : il s'agit de faire rabattre l'armée
tout entière pour porter secours aux femmes et aux
enfants. Par ce moyen, nous avons donc le double
avantage de déjouer les desseins des sauvages — si
tant est qu'ils en aient — et de les contraindre à se
masser devant nous. Il est dans les habitudes de ces
êtres primitifs de s'éparpiller et par conséquent de
déconcerter les efforts des troupes les mieux comman-
dées, et certes nul ne rend plus que moi hommage à
celles de Sa Majesté. Il ne faut jamais perdre de vue
que dame nature est partout à peu près la même, et
bien que M. Montagne ne juge pas à propos de tenir
compte de l'amour des sauvages pour....

— Faites-nous grâce de vos réflexions inconvenantes. Le moment est mal choisi, interrompit Montagne avec impatience. Achevez de nous soumettre votre plan. Je jugerai de sa valeur d'ensemble et réglerai ma conduite en conséquence. Vous ne nous avez pas encore fait part du rôle que vous vous êtes réservé dans tout cela ?

— J'ai l'intention d'accompagner M. Montagne, s'il me fait la grâce de m'y autoriser.

— Vous ! monter avec moi à bord du *Talisman !* se récria Montagne, surpris du calme imperturbable de cet homme étrange et ne revenant pas de ce qu'il appelait son impudence.

— Et pourquoi pas ? demanda tranquillement Gascoyne.

— Assurément.... je n'y vois aucune objection ; mais il me semble que vous seriez plus utile en vous mettant à la tête de vos hommes.

— Cela se peut, répliqua Gascoyne. Mais les récifs de corail sont dangereux sur le côté nord de l'île, et il est important que votre navire soit guidé par quelqu'un qui les connaisse à fond. En outre, j'ai pour second un homme de confiance ; et si vous voulez m'autoriser à lui envoyer une des recrues que vous avez faites hier au soir à mes dépens, je lui ferai parvenir les instructions nécessaires.

Tout ceci était dit avec tant de bonhomie et de franchise, que la colère de Montagne ne put tenir longtemps. Honteux de s'être montré rétif, alors que des intérêts aussi graves étaient en jeu, il accorda immédiatement à Bumpus l'autorisation demandée.

Quant à Stuart, qui bouillait d'impatience pendant toute la durée de ces pourparlers, il finit par s'écrier :

— M'est avis que nous avons perdu un temps bien précieux. Pour moi, qui suis le seul à me montrer satisfait du poste que vous m'avez assigné, je m'y rends sans plus tarder. Adieu.

Et il s'éloigna avec sa poignée d'hommes.

Si Gascoyne connaissait l'île dans ses moindres recoins, il n'en était pas de même de Bumpus, débarqué de la veille, et il fallut lui chercher un guide. Ce ne fut pas long ; un des compagnons de jeu de la petite Alice s'était spontanément offert à le conduire ; il lui était doux de jouer un rôle dans le drame qui se déroulait ; et d'ailleurs, Alice était son amie et il était prêt à tenter l'impossible pour aider à la retrouver.

La nuit était arrivée pendant les diverses péripéties de cette journée mémorable, lorsque chacune des divisions indiquées par Gascoyne partit pour s'occuper de la part de besogne qui lui incombait dans la tâche commune.

Disons tout de suite que ces ombres d'une belle nuit sans lune, si favorables au méchant, ne le furent pas à l'honnête Bumpus et à son conducteur. Ils s'égarèrent, tombèrent sur les traces de la petite Alice, l'enlevèrent, furent à leur tour enlevés par les sauvages, et finalement furent mêlés à toutes sortes d'aventures qui les empêchèrent d'accomplir la mission dont ils avaient été chargés.

———

V.

Attachons-nous pendant quelques instants à la fortune du *Talisman*.

Sans perdre plus de temps à discourir, Montagne et Gascoyne s'étaient rendus à bord ; et maintenant, sous l'habile pilotage du capitaine de l'*Ecume*, la frégate évoluait savamment au milieu des récifs dont la passe était semée. Bientôt un calme plat succéda aux apparences de tempête qui avaient un moment inquiété les navigateurs, et Gascoyne profita du répit qui en fut la conséquence pour s'asseoir sur une caronade d'habitacle, où il tomba dans une profonde rêverie.

Quant à Montagne, il allait et venait avec agitation,

promenant des regards courroucés du baromètre stationnaire au pavillon mélancolique qui dormait dans le ciel d'azur comme le bâtiment sur le flot immobile. Il semblait dans une disposition d'esprit fort peu enviable et disposé à chercher querelle à l'atmosphère elle-même, si cela lui avait été possible.

Le colon auquel revenait le périlleux honneur de tourner la passe des Chèvres formait le plus frappant contraste avec le commandant surexcité. Il fumait placidement sa pipe, jouissant avec délices d'un repos si chèrement acheté, et son regard avait une sorte d'extase béate qui irritait au plus haut point le pauvre Montagne.

— Vous avez l'air de prendre le temps comme il vient, monsieur Masson, remarqua tout à coup le commandant exaspéré.

— La philosophie nous l'enseigne.

— La philosophie est une belle chose, mais elle ne tient pas toujours contre la rafale.

— Diable ! diable ! ça se compliquerait. J'ai vu ici même un ou deux beaux navires, ma foi, pris par des cyclones et qui se sont perdus sur ces écueils.... là-bas !

— Jolie perspective ! pour peu qu'à tort ou à raison on ait à suspecter l'homme de la barre.

Masson tourna un mélancolique regard sur l'individu incriminé.

— Ce n'est pas du matelot actuellement au gouvernail que je veux parler, rectifia vivement Montagne,
devinant la méprise de son interlocuteur. C'est de
celui-là qui *le* mène et qui *nous* mène.

Masson se retourna alors vers Gascoyne, qu'on aper-
cevait confusément du côté de l'habitacle, puis il
ajouta :

— Je ne suis pas plus avancé. Expliquez-vous.

— Si M. Masson voulait bien abandonner sa pipe
un instant et me suivre dans ma cabine, nous pour-
rions avoir quelques minutes de conversation inté-
ressante.

M. Masson hésita.

— Eh bien! reprit l'officier, emportez votre pipe,
quoique ce soit contraire à tous les règlements. Je ferai
une exception en votre faveur.

Le vieux colon sourit à cette gracieuse condescen-
dance du capitaine, et s'apprêta à l'accompagner.
Quand la porte eut été soigneusement refermée, et
que les deux interlocuteurs furent installés :

— Sans aucun doute, vous avez entendu parler de
la présence du pirate Durward dans ces parages,
demanda anxieusement Montagne.

— Ah! oui, le scélérat! il tourne autour de nous.

— Ne vous semble-t-il pas que ce Gascoyne — que je n'ai jamais tant vu d'ailleurs — est singulièrement au courant des faits et gestes de ce coquin? Trop, peut-être?

— Oh! pour ça, non, répliqua en toute sincérité le digne M. Masson, auquel il fallait apporter toute faite l'idée qu'on voulait voir pénétrer dans sa cervelle, mais qui, en revanche, une fois qu'on avait réussi à lui en inculquer une, n'en démordait plus.

Voyant toutefois son compagnon peu disposé à entrer dans le courant indiqué, Montagne continua, en précisant davantage :

— Que diriez-vous si ce Gascoyne et le pirate n'étaient qu'un seul et même personnage?

C'était trop net pour ne pas être saisi d'emblée par la perception la plus lente. Masson tressaillit comme touché par un courant électrique.

— Mettez-le aux fers, alors, et qu'on le pende le plus tôt possible.

L'officier se prit à rire.

— On ne pourrait pas à coup sûr m'accuser de manquer d'énergie ; mais, comme je n'ai que des soupçons, et en outre que cet homme est à présent

mon hôte aussi bien que mon pilote, il me convient
d'user de plus de ménagements.

— Je ne vois pas cela, bien au contraire ; permettez-moi de vous le dire, capitaine, vous envisagez
la question sous un point de vue tout à fait faux. Vous
êtes excusable, du reste ; vous êtes si jeune, et la
jeunesse est apte à faire tant de bêtises ! Votre devoir
est avant tout et surtout de vous assurer de la personne
d'un pirate, où qu'il soit et de quelque manière que
l'occasion s'en présente, et d'en délivrer la société par
l'exécution la plus rapide.

Ici Masson s'arrêta pour rappeler à la vie sa pipe,
que son accès de sanguinaire éloquence avait menacé
d'éteindre, et Montagne s'empressa de lui demander :

— Mais comment savez-vous que c'est un pirate ?

— Parce que vous me l'avez dit, répliqua l'autre.

— Je ne vous ai rien dit de semblable, je vous ai
dit que je le *soupçonnais* d'être un pirate.

— Et que vous faut-il de plus ? se récria le digne
colon. Pour ma part, je ne vois qu'une chose : dans
ces mers, encourir le soupçon n'est-il pas presque le
mériter ? Vous êtes dans votre droit en arrêtant cet
homme sur un simple soupçon, en le traduisant devant
une cour martiale de votre composition, en lui faisant
subir un jugement sommaire — rien que pour la

forme, vous comprenez — et en le faisant pendre haut
et court. Vous aurez tout le temps d'approfondir la
question relative à ses mérites, quand il sera en sûreté
au fond de la mer avec un boulet de 36 aux pieds. Du
reste, s'il vous semble préférable de le faire fusiller, je
vous laisse le choix des moyens....., pourvu que le
résultat soit le même.

Comme le colon, dont la bile s'était échauffée à la
pensée que ce Durward, terreur des mers du Sud,
était quasiment en son pouvoir et qu'on le laisserait
échapper par une coupable sensiblerie, comme le
colon, disons-nous, achevait de formuler ce sage
conseil, on entendit les accents mâles et harmonieux
de la voix de Gascoyne, conseillant de mettre toutes
voiles dehors pour profiter de la brise de terre qui
n'allait pas tarder à s'élever.

— Ce ne sera pas trop de toute la toile que vous
pouvez porter, disait-il, pour nous conduire à
l'endroit d'où vos canons pourront agir efficacement.

— Ce n'est pas loin du tout, répondit le lieutenant,
et le *Talisman* est meilleur marcheur que vous ne
paraissez le supposer.

— Je ne mets point en doute les excellentes qualités
de votre bâtiment, bien que je pusse vous citer tel petit
schooner qui n'aurait pas de peine à le battre à la

course. Mais vous oubliez que nous avons à mettre à
terre notre *puissant* allié M. Masson et sa bande, ce
qui nous fera perdre un temps précieux.

Le lieutenant se rendit à cette logique trop raison-
nable pour ne pas le convaincre. En effet, moins d'une
demi-heure après, la brise annoncée par Gascoyne
commença à souffler et à faire danser la frégate sur les
eaux pourtant si calmes de l'Océan. Penché sur le
flanc du navire, le commandant Montagne eut tout le
loisir de constater à quel point il s'était placé entre les
griffes du capitaine de l'*Ecume* ; car les écueils l'entouraient de toutes parts, et les récifs de corail semblaient
se multiplier devant lui. A tout instant on en frôlait
de nouveaux, et il croyait ressentir un choc final et voir
les flots engloutir à la fois et son bâtiment et ses espé-
rances d'avenir. Comme il se reprochait de s'être mis
si imprudemment à la merci d'un homme qu'il *sup-
posait* intéressé à sa perte ! Sa seule consolation en
cette heure de crise était de caresser fiévreusement la
crosse d'un pistolet qu'il avait caché dans sa poitrine.
Avant de mourir, il voulait s'accorder la joie suprème
de brûler la cervelle à Gascoyne, afin que celui-ci ne
pût jamais se vanter d'avoir roulé un officier de la
marine anglaise.

Cependant, une heure plus tard, le *Talisman* arrivait

devant la passe des Chèvres ; Masson et ses hommes
étaient déposés à terre à la base de la falaise qui s'élevait de la mer comme un mur à pic.

— Et c'est là-haut que nous devons grimper ?
demanda Masson avec une intraduisible expression
d'horreur, en voyant l'étroit sentier vers lequel Gascoyne le conduisait.

— Oui, voici le chemin. Il n'est pas aussi casse-cou
qu'il en a l'air. Quand vous serez au sommet, vous
suivrez le petit sentier qui longe la falaise, et vous
atteindrez le haut d'une colline d'où le village indigène
vous sera parfaitement visible. Descendez et attaquez-le
de suite, si vous trouvez à qui vous adresser pour cela ;
sinon, prenez-en tranquillement possession. Prenez
garde de ne pas faire fausse route, car vous vous
trouveriez avant peu dans des rochers et des brous-
sailles où un chat sauvage ne se hasarderait point en
plein jour. Si vous m'avez bien compris, vous ne
pouvez pas vous tromper. Bonsoir. Attention, enfants !

Sur ce dernier mot, les rames retombèrent dans
l'eau en cadence, et Masson resta seul à réfléchir aux
inconvénients des grandeurs humaines qui faisaient
de lui un général à contre-cœur.

Il semblait vraiment que le pilote eût résolu la perte
du bâtiment confié à son habileté. Non content de lui

faire incessamment raser de nouveaux écueils, il finit
par lui faire suivre de si près les sinuosités du rivage,
que la falaise menaçante surplombait parfois le grand
mât. Quand le soleil fut levé, le vent tomba ; mais il
persista assez de brise pour aider à la marche du
bâtiment.

Montagne s'était efforcé de réprimer et de dominer
son anxiété le plus longtemps possible ; mais le
moment vint où ce fut au-dessus de ses forces : il se
trouvait en présence d'une ligne non interrompue de
brisants où le *Talisman* semblait voué à une destruc-
tion fatale. Il se dirigea alors vers Gascoyne, et d'une
voix basse et concentrée :

— Vous n'ignorez pas, lui dit-il, que votre vie
me répond de la sécurité de mon vaisseau ?

— Assurément, répondit Gascoyne avec un superbe
sang-froid, en jetant le bout de cigare auquel il venait
d'en allumer un second ; mais je n'ai pas plus envie
de détruire votre navire que de mettre mon existence
en péril. A vrai dire, ce n'est pas qu'en d'autres cir-
constances il ne pût m'être agréable d'en courir les
chances.

— Vous dites ? demanda Montagne, scrutant d'un
rapide regard la figure de son interlocuteur, sur
laquelle il n'aperçut cependant qu'une expression de

parfaite bonhomie. Ce que je viens d'entendre me
paraît singulièrement belliqueux dans la bouche d'un
paisible trafiquant de bois de sandal.

— Croyez-vous donc, riposta Gascoyne avec mépris,
que l'uniforme seul engendre les impulsions téméraires
et les actions héroïques?

— Je ne dis pas cela; mais les marchands aspirent
rarement à l'honneur de combattre les vaisseaux qui
ont charge de protéger leurs intérêts.

— Vrai, s'il m'avait fallu attendre après la protec-
tion des bâtiments de Sa Majesté britannique, j'eusse
pu risquer de perdre patience. Ce n'est point un jeu
d'enfant de naviguer dans ces mers où des brutes
altérées de sang humain pullulent dans leurs canots
comme des sauterelles au désert. Sans compter que je
fréquente les mers de Chine, où les pirates sont plus
nombreux que les honnêtes trafiquants. Que diriez-
vous donc si je jugeais à propos de me protéger tout
seul?

— Je dirais que vous en avez sans doute les
moyens, répondit Montagne en souriant. Et cependant,
quand j'ai examiné l'*Écume*, je n'y ai trouvé que
quelques coutelas et des mousquets rouillés, depuis
longtemps hors de service et incapables de faire ni
grand mal ni grand bien.

·— Une poignée d'hommes courageux peuvent se
défendre avec des armes de toutes sortes. Je n'ai à
mon bord que des gaillards déterminés qui ne
sourcillent pas lorsque les balles sifflent à leurs
oreilles.

Ici la conversation fut interrompue par l'arrivée de
la frégate à un angle de la côte qui, une fois tourné,
révéla aux yeux surpris de Montagne l'existence d'une
baie magnifique, sur laquelle se dressait en amphi-
théâtre, au milieu d'une sombre verdure, le village
indigène qu'on se proposait d'atteindre.

Juste en face de ce village s'étendait une petite île
extrêmement boisée, qui occupait l'entrée de la baie
et, formant barrière à la violence des flots de l'Océan,
faisait de ce petit golfe le refuge le plus assuré que l'on
pût rêver. Le capitaine de l'*Ecume* donna les ordres
nécessaires pour fixer le navire dans la position qu'il
devait occuper ; puis Montagne, un peu rassuré par la
quantité d'écueils qu'il avait frôlés sans encombre sous
l'habile direction du pilote redouté, vint de lui-même
à Gascoyne pour lui demander ce qu'il y avait à faire
maintenant. Il ne pouvait retenir un sourire en son-
geant à l'étrange position qui lui était faite. Lui,
commandant, il sollicitait à son bord des ordres d'un
inférieur, d'un inconnu, d'un suspect !

Un angle de la côte une fois tourné révéla l'existence d'une baie magnifique.

Gascoyne comprit ce sourire et répondit par un autre sourire.

— Bombardez le village ! ajouta-t-il.

— Quoi ! vous persistez à me conseiller de tirer sur un misérable amas de huttes où je n'ai encore aperçu que des femmes et des marmots ?

— Précisément ; et c'est également pourquoi je vous conseille de ne mettre ni boulets ni mitraille.

— A quoi bon un tel gaspillage de poudre ? demanda encore Montagne.

— Pour l'accomplissement de la mission dont j'ai été investi, répliqua Gascoyne un peu sèchement.

Et, tournant sur ses talons, il s'éloigna.

Le jeune officier rougit et se mordit la lèvre, tout en transmettant les ordres qu'il avait reçus. Mais à peine le mot : Feu ! avait-il été prononcé, que les échos d'alentour s'éveillèrent à un bruit répercuté d'une façon terrible, celui d'un coup de canon tiré de l'autre côté de l'îlot. Il n'y avait pas à se méprendre sur la direction de cette détonation, car sa fumée fut un moment visible au-dessus des arbres. D'ailleurs, la décharge du *Talisman* suivit de si près, que les deux se fondirent *presque* en une seule.

VI.

Pendant le temps que ceci se passait à bord du *Talisman*, l'équipage de l'*Ecume* ne restait pas inactif.

Nous avons dit que Bumpus, arrêté par mille vicissitudes, n'avait pu transmettre à qui de droit le message de Gascoyne. Le second du petit bâtiment n'eût donc rien su de ce qui se passait sur l'île, sans les trois coups de canon tirés par le lieutenant Mulroy et qui avaient décidé du sort de la journée.

Fort intrigué par ces sons inaccoutumés, Manton se fit conduire à terre, gagna la cime culminante de l'île et regarda. Il faillit même se trouver enveloppé par un parti de sauvages, dont quelques-uns étaient plus ou moins blessés, qui fuyaient. Il parvint néanmoins à se dérober à leurs regards ; mais il avait deviné ce qu'il voulait savoir. La petite colonie avait été attaquée.

Un sourire satanique se dessina sur ses lèvres à la
vue des indigènes. Dès qu'il fut certain de ne courir
aucun risque, il revint à bord, où il n'arriva qu'après
la nuit tombée. A peine avait-il donné l'ordre de lever
l'ancre, que le détachement de l'équipage envoyé à
terre pour être soustrait aux regards de Montagne,
revint au navire pour prendre le mot d'ordre. Ce
détachement était commandé par un petit homme
court et gros, mais aux traits résolus. En voyant ce
branle-bas du départ, Roquay en demanda la raison,
et, surpris de la détermination de Manton de quitter
sans ordres la station assignée par Gascoyne, il s'y
opposa formellement.

La figure de Manton se couvrit d'une rougeur brû-
lante, et peu s'en fallut qu'il ne saisît une barre de fer
pour en asséner à Roquay un coup qui l'eût envoyé
raisonner dans l'autre monde. Mais une réflexion
salutaire retint la main du scélérat : il avait cru
distinguer que les sympathies de l'équipage n'étaient
point de son côté.

— Allons, allons, monsieur Roquay, dit-il, en se
contraignant par un violent effort, je ne me serais
jamais attendu à vous voir donner à nos hommes
l'exemple de l'insubordination ; et n'était que vous
croyez interpréter mieux que moi la volonté du

capitaine absent, je vous ferais mettre aux fers sans plus tarder.

A cette menace, Roquay se contenta de sourire d'un air sarcastique, et le second continua :

— Il est vrai que le capitaine m'a donné l'ordre de l'attendre ici ; mais j'ai acquis la certitude que les noirs ont attaqué le village là-bas, et vous savez aussi bien que moi que Gascoyne ne laisserait pas perdre une si bonne occasion de se venger des misères que ces moricauds nous font subir toutes les fois qu'ils le peuvent. Aussi mon intention est-elle d'aller culbuter leurs misérables huttes. Une ou deux salutations de « maître Jacques » suffiront pour cela ; mais du moment que la besogne ne vous va pas, retournez à terre et laissez-m'en aussi bien l'honneur que la responsabilité.

Ce discours était perfidement combiné. Sans en avoir l'air, Manton avait touché une plaie mal fermée du cœur de Roquay. La dernière fois qu'il s'était trouvé aux prises avec les sauvages, il y avait perdu un œil, ce dont il leur gardait une rancune impérissable. L'idée de se venger sur les femmes et les enfants innocents n'éveilla en lui nul scrupule et fut, au contraire, accueillie avec enthousiasme ; aussi, loin de contrecarrer les desseins du second du navire, il devint le plus ardent à en hâter l'exécution.

— Ah ! ceci change la question, dit-il ; toutefois je ne suis nullement certain que Gascoyne ait saisi la balle au bond, comme vous dites, et châtié ces brutes noires ainsi qu'elles méritent de l'être. Il a bien le cœur trop tendre pour cela ! Il vaut donc mieux qu'il soit hors de notre chemin en ce moment. A propos, avez-vous eu de ses nouvelles ?

— Non ; il a entrepris de jouer au plus fin avec le croiseur anglais, et il est homme à jouer serré. En outre, il a certainement donné un coup de main dans la journée ; car cela chauffait rudement, et vous savez qu'il y a là-bas quelque chose qui l'attire. Il aura, avant nous, administré une danse à ces moricauds enragés. Il ne boude jamais quand il s'agit de défense personnelle, vous savez. C'est pour l'attaque que nous avons toujours perdu nos peines.

— Et pourtant, il est brave !

— S'il l'est ! Un vrai lion ! et voilà pourquoi je ne m'explique pas ses scrupules, qui m'enragent, avec nos ennemis, quels qu'ils soient. Enfin !... vous n'avez rien vu de suspect à terre ?

— Comme vous, des fuyards ; mais cela n'était pas de notre ressort, et je n'ai eu garde de me mêler de leurs affaires. Cependant c'est ce qui m'a déterminé à ramener les hommes ce soir, de peur qu'ils ne fissent défaut ici.

— Vous avez bien fait. Oh ! vous êtes un auxiliaire précieux pour les corvées du genre de celle que nous impose ce maudit croiseur. Mais voici venir une bonne brise de terre ; hâtons-nous d'en profiter. Hé ! vous autres, là-bas, enlevez le bonnet de nuit à maître Jacques. Dites donc, Roquay, si nous leur montrions nos couleurs. C'est ça qui les rassurerait, les gentils agneaux !

— Ce n'est pas sage, fit Roquay d'un air de doute. Et le croiseur anglais? Méfiez-vous ; il a l'œil partout et il est comme les taureaux. S'il aperçoit du rouge, il entrera en fureur.

— Eh bien ! après? demanda Manton. Vous êtes-vous aussi rangé dans la catégorie des poules mouillées? Du reste, l'anglais est tranquillement à l'ancre à l'autre extrémité de l'île, et dans toute la flotte anglaise il n'existe pas un capitaine capable de manœuvrer une pinasse, à plus forte raison un navire, parmi les écueils du nord de l'île.

— Après tout, il n'y a peut-être pas d'inconvénient. Faites ce que vous voudrez, peu m'importe.

Tandis que les deux officiers causaient ainsi, le gracieux bâtiment avait quitté l'ancre et filait.

Cependant, que faisaient ces hommes suspendus aux flancs du petit navire ? Ils vissaient ou dévissaient avec une rapidité qui témoignait d'une grande habileté. Aussi, moins d'une demi-heure après, une longue planche mince avait-elle été retirée tout autour de la goëlette, laissant voir à sa place une étroite bande rouge. De là, les mêmes adroits travailleurs se rendirent à la proue et substituèrent rapidement à la dame blanche qui souriait placidement un griffon rouge, hideux et grimaçant.

Les matelots sur le pont n'étaient pas moins occupés. Ils avaient enlevé l'immense canot fixé entre les mâts et qui recouvrait une bouche à feu du plus fort calibre, scintillant comme un énorme lingot d'or massif à la pâle clarté de la lune. Ce devait être l'enfant gâté de l'équipage, à en juger par le soin minutieux avec lequel il était entretenu.

Mais ce n'était pas tout. Des piles d'armes de toute espèce avaient tout à coup fait leur apparition, et les hommes, d'aspect naturellement farouche, l'étaient devenus doublement, car chacun avait revêtu une large ceinture écarlate servant de support à des coutelas, à des pistolets, etc. Ils avaient en outre relevé leurs manches au-dessus du coude comme des gens qui ont une rude besogne en perspective.

Quand toutes ces dispositions belliqueuses furent prises, Manton les compléta de ses propres mains en enlevant le pavillon de l'*Écume,* immédiatement remplacé par un pavillon rouge portant en grandes lettres noires ces deux mots significatifs : *le Vengeur.*

Les premières lueurs de l'aube commençaient à rendre moins indistinctes les lignes sinueuses de la falaise, lorsque quelque chose d'extraordinaire attira vers elles l'attention de l'équipage.

— Passez-moi la lunette, commanda Manton. Je crois vraiment que ces coquins de nègres font de leurs tours là-bas sur ce promontoire. Bon ! quand je le disais ! En voilà un qui n'est pas à la noce. Mais c'est si loin, qu'on ne peut rien distinguer nettement. Dites donc, Roquay, vous qui avez meilleure vue, donnez un coup d'œil de ce côté.

— Vous avez raison, répondit Roquay avec indifférence ; on s'assassine, mon cher.

— Eh bien ! laissez-les s'assassiner. Nous avons autre chose à faire que d'être les spectateurs de ces misérables escarmouches. Attention ! enfants. Doublez cette pointe, et nous serons en vue du village indigène. Canonniers, à vos pièces, continua-t-il avec un méchant sourire.

— Attendez ! attendez ! se récria Roquay. Je crois,

Dieu me pardonne, qu'ils se préparent à lancer quelqu'un de cette hauteur dans la mer. Ah! pauvre diable! j'espère, pour lui, qu'il est mort. Eh! dites donc! c'est un des nôtres, je le reconnais à sa chemise de flanelle. Ah! ça y est. Qui que ce soit, il a fait un fameux saut.

En effet, pendant qu'il disait ces mots, on voyait une forme humaine tourbillonner avec une violence toujours croissante, jusqu'à ce qu'enfin elle atteignît le flot sous lequel elle disparut au milieu d'un jet d'écume.

— Un canot à la mer, et qu'on aille repêcher ce corps, cria Manton.

Les hommes ne se le firent pas répéter deux fois; ils se disputaient à qui obéirait le plus vite.

L'extrémité de l'îlot fermant la baie en face du village indigène venait d'être doublée. La colère de Manton à l'idée qu'un de ses hommes eût été si indignement traité par ces hideuses brutes qu'il exécrait si fort, lui avait fait donner l'ordre de mettre double charge dans son unique canon.

C'est alors qu'une détonation formidable éveilla les échos d'alentour et se confondit avec celle du *Talisman*, à bord duquel nous demandons au lecteur la permission de le conduire sans plus tarder.

VII.

Au moment où la décharge de l'artillerie de Montagne révéla à Manton la proximité du croiseur qu'il
croyait à plusieurs lieues de là, le capitaine par
intérim du *Vengeur* comprit qu'il s'était imprudemment jeté dans la gueule du lion. Tout espoir de
lui échapper était chimérique. Si brave qu'il fût, le
cœur du vieux loup de mer sursauta dans sa poitrine
à la pensée du sort qui l'attendait; mais la crainte ne
pouvait avoir un empire bien long sur cet homme
énergique. A l'aspect du danger, sa bravoure naturelle
se transforma en témérité.

Il était trop tard pour essayer de n'être pas vu; car,

emporté par sa force d'impulsion, le schooner avait déjà fait son apparition aux yeux de Montagne surpris. Celui-ci s'attendait si peu à voir surgir à ses côtés, comme par magie, le vaisseau pirate dont Gascoyne lui avait fait la veille une minutieuse description. Aussitôt le commandant donna les ordres nécessaires pour canonner le pirate et pour commencer l'abordage.

Dire que Gascoyne restait spectateur indifférent de ce qui se passait, serait donner de lui une idée fausse. Il connaissait trop bien la voix de bronze de son grand canon pour ne l'avoir pas immédiatement reconnue. Il n'avait pas eu besoin de voir apparaître le schooner pour savoir qu'il était embarqué dans une mauvaise affaire. Quand donc l'*Écume*, devenu le *Vengeur*, parut gracieux et coquet comme à l'ordinaire, malgré sa transformation, et que Montagne se tourna vers son hôte avec un regard soupçonneux, celui-ci avait déjà eu le temps de faire disparaître de son visage toute trace d'émotion et fumait aussi tranquillement que jamais. Il répondit au coup d'œil interrogateur de Montagne :

— Hé! oui, voilà le pirate. Je vous avais bien dit qu'il était d'une hardiesse inimaginable. Tout de même, je n'aurais pas cru qu'il eût poussé l'audace jusque-là.

Pour rendre justice à Gascoyne, ce qu'il disait était
la pure vérité ; car, ayant envoyé à son second, par
l'entremise de John Bumpus, un ordre formel d'avoir
à ne pas lever l'ancre, quoi qu'il pût arriver, il était à
la fois surpris et courroucé de la mutinerie qui avait,
croyait-il, poussé Manton à lui désobéir. Quoi qu'il en
fût de ses impressions intimes, rien n'en transpirait
sur sa physionomie austère et placide.

Montagno supposa bien que son pilote affectait un
calme qu'il ne devait point ressentir ; à la manière
dont s'était produite la rencontre des deux bâtiments,
il était persuadé qu'elle était inattendue d'une part
comme de l'autre. Ce fut donc avec un véritable intérêt
de curiosité qu'il posa la question suivante :

— M. Gascoyne voudrait-il me donner un conseil
sur la conduite à tenir en cette occurrence?

— Donnez la chasse à ces coquins, répondit l'autre
avec empressement ; si j'étais à votre place, ce serait
déjà fait.

— Peut-être, en tout cas, pas beaucoup *plus tôt*,
riposta le premier en montrant son artillerie pointée
et ses hommes, qui, la mèche à la main, n'attendaient
plus que de voir la frégate en position pour écraser
leur petit adversaire sous une pluie de mitraille.

Le second du *Vengeur* comprenait le péril qu'il

courait à recevoir une pareille décharge à bout
portant, et avait adopté le seul moyen qu'il y eût de le
parer.

Tout près de l'endroit où se trouvait le schooner,
s'élevait, entre l'île et l'îlot dont nous avons parlé plus
haut, un immense rocher ; grâce à la conformation de
la côte en cet endroit, un courant puissant régnait, à
marée basse, entre l'îlot et le roc ; Manton vit que son
bâtiment était attiré par ce rapide. En toute autre
circonstance, il eût pris des précautions pour éviter ce
danger, car la passe était assez étroite pour être
redoutable même à un simple canot ; mais en cette
heure critique, il résolut de risquer le tout pour le
tout. Il donna donc ordre à ses hommes de se coucher
à plat ventre sur le pont, pointa négligemment son
unique canon sur le vaisseau de guerre et se laissa
emporter par le courant.

Gascoyne devina le dessein de Manton, et un éclair
de triomphe passa dans son regard. Montagne lui-
même, qui s'était cru si assuré de sa capture, commença à douter du succès. En vain il encourageait ses
hommes à hâter le mouvement de la frégate, afin que
la bordée eût toute son efficacité. Le *Talisman* n'était
pas encore en position, que déjà le schooner, emporté
par le courant, filait avec une prestesse inouïe. Le

vaisseau de guerre n'était point encore prêt à tirer, que l'avant du schooner s'abritait derrière le rocher.

— Feu successivement, cria Montagne exaspéré.

Cette volée de mitraille s'émoussa contre le rocher ; un seul boulet toucha le petit navire sans l'endommager ; mais celui-ci, prompt à la riposte, jetait bas le grand mât de la frégate avec toute sa voilure.

Lorsque la fumée des deux décharges se fut dissipée, le corsaire avait disparu comme un fantôme.

La première impulsion de Montagne fut de se lancer aussitôt dans la passe étroite et dangereuse ; mais la réflexion lui démontra bien vite à quel danger il exposerait son vaisseau. Il donna l'ordre de doubler l'îlot derrière lequel il s'attendait évidemment à retrouver son agile ennemi ; mais il fallait du temps pour cela, la chute du grand mât ayant faussé le gouvernail. Quand le *Talisman* eut paré au plus pressé et exécuté le mouvement prescrit, il n'y avait plus une voile à l'horizon.

Étonné au delà de toute expression et non moins chagriné de la tournure prise par cette aventure, l'infortuné commandant se tourna vers Gascoyne, toujours assis à la même place.

— Ce corsaire a-t-il des ailes aussi bien que des voiles? lui demanda-t-il. A moins qu'il n'ait eu la faculté de s'envoler par-dessus la montagne, je ne saurais comprendre comment il a disparu en si peu de temps !

— Je vous ai dit que ce pirate était hardi et téméraire ; mais ce dont nous venons d'être les témoins prouve surtout qu'il est rudement habile. Si son bâtiment a des ailes, lui seul pourrait vous le dire ; mais, à défaut d'ailes, il pourrait plonger ; il n'y a qu'à surveiller l'endroit où il pourrait revenir à la surface de l'eau et le couler bas à l'instant.

— Quoi qu'il en soit, il est loin. Et maintenant, monsieur Gascoyne, comme ce serait folie à moi de donner la chasse à un navire doué de qualités si extraordinaires, j'espère que vous ne verrez aucun inconvénient à me ramener à l'endroit où votre bâtiment est à l'ancre. J'ai le plus vif désir de m'en rapprocher.

— Ce sera pour moi un plaisir, répondit Gascoyne aussi tranquillement et avec autant d'urbanité que jamais.

Montagne fut surpris de voir le calme et la parfaite courtoisie avec lesquels sa proposition fut accueillie. Il était persuadé qu'il existait entre l'honnête trafiquant et le corsaire quelque mystérieux rapport encore inexplicable, et il s'était attendu à ce que Gascoyne

eût trahi quelque gêne, quelque embarras, en se
voyant à l'improviste contraint d'aller faire constater
au *Talisman* ou que son bâtiment avait disparu, ou
qu'il s'était transformé de manière à donner lieu à une
arrestation immédiate. Voyant le contraire, Montagne
se détourna avec dépit, laissant son étrange pilote
achever sa tâche comme il le pourrait. Pendant ce
temps, le *Vengeur* avait mis le cap sur le rivage où il
disparut comme un diablotin dans sa boîte à ressort.

Ceci demande explication.

La côte sur la partie de l'île où se passaient les
événements que nous venons de raconter était formée
d'une manière toute particulière : elle était creusée
d'une infinité de criques rappelant en miniature les
fjords de la Norvège, et ces criques, le plus souvent
profondes, étaient revêtues d'une si luxuriante végétation, qu'à peine, de la mer, pouvait-en soupçonner
leur existence.

Deux de ces fjords s'ouvraient et s'enfonçaient de
chaque côté d'un cap ou promontoire voisin de l'îlot
sus-mentionné ; grâce au travail incessant de la mer,
la partie resserrée existant entre les deux extrémités
des criques avait été lentement minée, et le promontoire était devenu une île derrière laquelle s'ou-
vrait une passe étroite que le *Vengeur* n'eut pas de

6

peine à traverser sous l'impulsion de huit rames vigoureusement maniées, et non loin de laquelle il retrouva son précédent mouillage.

Ce passage secret était parfaitement connu des pirates, et c'est pourquoi, dans ses différents voyages à l'île, Gascoyne jetait toujours l'ancre dans ces parages. Si rapide qu'eût été la traversée, une nouvelle transformation à vue s'était opérée à bord. Le belliqueux *Vengeur* était devenu la pacifique *Écume*. Toute trace de rouge avait disparu de ses flancs, et la dame blanche recommença à sourire au flot calme et radieux. La chaloupe fut de nouveau fixée sur le canon ; les armes rentrèrent dans leur cachette ; une partie des hommes furent évacués à terre avec les ordres les plus stricts de se tenir prêts à rembarquer au premier signal. Trois heures après, le *Talisman* entrait dans la petite baie et venait mouiller à environ deux milles du bâtiment suspect.

VIII.

Le canot envoyé à la recherche de l'infortuné
matelot précipité de si haut dans la mer, n'avait pas
réussi à le retrouver; et cependant le pauvre diable,
qui n'était autre que notre vieille connaissance
Bumpus, était sain et sauf.

Nous l'avons dit, entraîné sur les traces de la fillette
enlevée par les sauvages, il avait fait des prodiges de
valeur pour la soustraire à ses ravisseurs; mais, vaincu
par le nombre, il fut fait prisonnier.

Toutefois ses vainqueurs, fort embarrassés d'une
prise qui leur donnait plus d'ennui que de satisfaction,
ne trouvèrent rien de mieux que de chercher à s'en
défaire. Ils le conduisirent donc, lui, son guide et la
petite fille, au bord du promontoire où nous les avons
vus se débattre, et, après une lutte acharnée, le lan-

cèrent, du haut de la falaise, dans les flots. Les deux
enfants n'allaient pas tarder à prendre le même
chemin, quand la double décharge d'artillerie, annon-
çant l'attaque du village indigène, avait fort à propos
détourné l'attention des sauvages, qui s'étaient enfuis
vers leurs pénates, laissant les jeunes victimes étroite-
ment liées sur le bord.

Le jeune garçon, guide de Bumpus, était une nature
énergique et dévouée. Il aimait tendrement sa petite
compagne, et, pour tenter de la sauver, il fit tant —
c'est le cas de le dire — des pieds et des mains,
qu'un des liens céda. Ce fut assez. Il parvint à se
dégager, à libérer la fillette, et alors tous deux son-
gèrent au brave homme qui avait montré tant de courage et péri si misérablement. Ils se hasardèrent à se
pencher au-dessus de l'abîme, et, ô bonheur ! ils
aperçurent leur compagnon, que le vent et la marée
avaient jeté sur une petite grève à peu de distance.
Descendre de la falaise et courir auprès de l'infortuné,
telle fut leur première pensée. Mais, lorsque Alice vit
de près ce pauvre corps inanimé, elle fondit en larmes
en s'écriant :

— Il est mort ! il est mort !

— Peut-être que non, dit le jeune Arthur. J'ai
entendu dire que par des frictions on faisait très bien

revenir les noyés; il faut le réchauffer avant tout.

Il serait trop long de décrire les soins que les deux enfants prodiguèrent à cet homme dont la bonté avait gagné leurs cœurs. Il suffira de constater qu'après les efforts les plus méritoires et les plus persévérants, ils eurent la satisfaction de voir Bumpus entr'ouvrir d'abord un œil, puis le second, et enfin les regarder avec surprise, comme un homme qui revient de loin.

Une heure plus tard, il n'y paraissait plus du saut périlleux accompli par le hardi matelot, et celui-ci se plaignait d'un mal assez naturel chez un homme qui n'avait pas mangé depuis plus de vingt-quatre heures, à savoir: un impérieux appétit. Les deux enfants sympathisaient à ce mal qui les pressait également. Aussi, lorsque Bumpus leur dit tout à coup : « Attention ! voici notre déjeuner qui passe, » ils s'intéressèrent de tout leur cœur à la chasse promptement organisée pour s'emparer d'un joli petit marcassin égaré dans ces parages — peut-être par un accès de curiosité.

Hélas ! ce petit cochon sauvage devait amener bien des maux.

Bumpus s'était mis à sa poursuite avec l'énergie qu'il apportait en toutes choses. Aussi, malgré la raideur que son exercice gymnastique de la matinée

avait laissée dans ses jambes, ne tarda-t-il pas à
planter son arme dans le flanc de l'animal terrifié,
qui poussa un hurlement de douleur, mais continua à
courir. Malheureusement, ce cri avait frappé d'autres
oreilles que celles des intéressés. Les pirates débar-
qués depuis peu s'étaient figuré que les sauvages
étaient à leurs trousses, et Henri Stuart et sa petite
troupe, qui arrivaient d'un autre côté, hâtèrent le pas,
croyant que l'on égorgeait l'enfant à la recherche de
laquelle ils s'étaient mis.

Les pirates sortirent avec précaution de leur retraite
et, ne voyant que deux enfants sans défense, coururent
s'en emparer et les transportèrent dans la grotte qui
leur servait de retraite, espérant en tirer quelques
détails sur ce qui se passait dans l'île ; seulement, les
enfants, effrayés, ne voulaient rien leur dire. Tandis
que ces hommes, peu endurants, en général, usaient
le peu de patience dont la nature les avait doués, ils
virent déboucher à quelque distance Henri Stuart et
ses hommes, conduits par Bumpus et accompagnés du
père de l'enfant perdue.

On le sait, ils avaient intérêt à demeurer inaperçus.
Leur première idée fut d'engager la lutte et de se
défaire des intrus ; mais la prudence les retint : ils
eussent été un contre quatre. Ils s'élancèrent donc vers

leur canot en entraînant les enfants et s'éloignèrent
en faisant force de rames.

Le père d'Alice entendit le cri de désespoir de sa
fille ; il l'aperçut se débattant en vain dans le canot
des ravisseurs, et, fou de désespoir, il se précipita dans
la mer pour tâcher de la rejoindre.

Henri comprit d'un coup d'œil ce qui était arrivé ; il
comprit également que le père, épuisé par les émotions
qu'il avait éprouvées depuis qu'il était séparé de sa fille
unique, ne pourrait pas mener à bonne fin son entreprise, et il se jeta à l'eau à son tour pour courir au
secours du père et de l'enfant.

Mais, tandis qu'il se déshabillait, Stuart avait eu le
temps de noter bien des choses bizarres ; il avait vu
une chaloupe, pleine d'hommes armés comme pour
une expédition belliqueuse, se détacher de la frégate
à l'ancre à quelque distance de l'*Ecume*.

— Chose surprenante ! se disait-il ; si l'*Ecume* est
réellement le corsaire que l'on dit, comment reste-t-elle
à la portée d'un si redoutable ennemi ? Comment
Gascoyne, son capitaine, est-il à bord du vaisseau de
guerre, et en apparence dans les meilleurs termes avec
le commandant du croiseur ?

Grand était l'émoi du jeune homme.

Comment concilier les bruits accrédités dans l'île

avec la pensée que sa mère, sa propre mère, entrete-nait des relations d'amitié avec un pirate?

Les événements que nous venons de relater s'étaient accomplis sous les yeux des deux équipages, et y avaient éveillé des impressions bien diverses.

Manton se promenait sur le pont de l'*Ecume*, en proie à une colère d'autant plus forte qu'elle était plus concentrée. Il n'en revenait pas de l'obstination de son capitaine en se plaçant dans une pareille situation, et de la folie de ses hommes qui allaient provoquer une collision, alors qu'ils ne devaient songer qu'à se tenir cachés sur le rivage. Néanmoins, il restait prêt à agir avec énergie et promptitude dès que sa ligne de conduite serait nettement dessinée.

Sur le *Talisman*, au contraire, Montagne rayonnait.

— Vos hommes ont des procédés bien violents pour des matelots de la marine marchande. S'ils ne se dirigeaient pas si ouvertement vers votre bâtiment, je les aurais pris pour l'équipage de ce merveilleux pirate aussi habile à changer de couleur que de position.

Cette allusion perfide ne déconcerta en rien Gascoyne, dont la souriante et placide bonhomie semblait croître à mesure que son cas devenait plus compromettant.

— Certainement le commandant Montagne ne

saurait me rendre responsable des illégalités que mes
hommes peuvent se permettre en mon absence. Je l'ai
déjà prévenu qu'on n'a pas le choix dans ces régions
reculées et qu'il ne faut pas être trop difficile dans la
composition d'un équipage destiné à affronter tant de
périls. On ne lui demande qu'une chose : c'est de
n'avoir point froid aux yeux.

— Sans doute; mais vous me donnerez la satis-·
faction de vous voir punir sévèrement vos hommes
pour leur conduite de ce jour; autrement, je serais
obligé de me charger moi-même de leur châtiment.
La chaloupe est-elle prête, monsieur Mulroy?

— Oui, commandant.

— Alors, monsieur Gascoyne, faites-moi la faveur
d'y descendre le premier, et j'aurai le plaisir de vous
accompagner à votre bord.

— Enchanté de jouir plus longtemps de votre compagnie, répondit Gascoyne avec une courtoisie charmante; mais est-ce que nous partons en guerre, ou
est-ce l'aspect de mon modeste bâtiment qui vous a
dét rminé à ce déploiement de forces? Vous ferait-il
peur par hasard? ajouta-t-il avec une bonne grâce
charmante.

Montagne n'eut pas l'ennui de répondre, car son
lieutenant s'écria tout à coup :

— Il y a un nageur à la suite de cette embarcation,
et c'est un Européen ; voyez, il est blond ; seulement,
il a l'air épuisé.

— Vous voulez dire que c'en est fait de lui ! s'écria
Montagne, qui s'était hâté d'approcher son œil de la
lunette.

L'émotion de Montagne était bien naturelle. Le
père d'Alice venait de lever ses deux mains en l'air
avec un long cri d'agonie, et commençait à enfoncer.

— A cet homme là-bas, enfants, et ne perdez pas
une minute. Vous me rejoindrez à bord du schooner.
Et puisque vous préférez une embarcation plus légère,
monsieur Gascoyne, je vais aller en faire préparer une
autre.

En effet, deux minutes plus tard, Gascoyne et
Montagne prenaient place dans un léger canot qui,
sous l'impulsion de vigoureux rameurs, semblait voler
sur l'onde. Il arriva près de l'*Ecume* dix minutes à
peine après le bateau ravisseur. Quand il fut près
d'aborder, Gascoyne attira l'attention de Montagne sur
quelque manœuvre de sa chaloupe, et de la main
droite fit un signe à son second, accoudé sur le pont
du schooner, toujours inactif et songeur.

— Ah ! je m'en doutais, fit celui-ci. Allons,
enfants, montrez le rouge ; que l'on se prépare à filer ;

Deux minutes plus tard, Gascoyne et Montague prenaient place dans un léger canot.

décoiffez maître Jacques ; que les poltrons s'occupent
de descendre ces enfants en bas ; mais qu'une dou-
zaine de braves se tiennent prêts à accueillir le capitaine et *ses amis.*

Ces ordres, si rapidement donnés, furent immédiatement exécutés.

Quand le canot accosta, tout était prêt. Aussi,
lorsque le capitaine Montagne mit le pied sur le pont,
un mouchoir s'abattit sur son nez et sa bouche et lui
coupa la respiration. Au même instant il se sentit
enlevé par quatre forts gaillards, qui paralysèrent en
lui toute velléité de résistance.

Cela fut exécuté si promptement, que les rameurs
du canot n'entendirent rien d'insolite.

— Désolé de traiter si peu gracieusement un hôte
comme vous, monsieur Montagne, dit Gascoyne à
demi-voix, tandis qu'on emportait l'infortuné commandant ; mais la sécurité de mon bâtiment m'y
oblige ; on va vous transporter dans mon salon, où
vous trouverez mon stewart plein de prévenances et
d'égards ; il n'a qu'un léger défaut : c'est de jouer
trop facilement du pistolet, surtout avec ceux qui se
laisseraient aller à faire un bruit inutile. A bon
entendeur salut.

Il pirouetta sur ses talons et revint du côté du canot

avertir les rameurs d'avoir à demeurer où ils étaient
jusqu'à ce que leur commandant les appelât. Cet avis,
émanant de la bouche d'un tiers, surprit les hommes ;
ils y obéirent pourtant, Montagne ayant omis de leur
donner un ordre contraire avant de monter. Néanmoins
leurs soupçons étaient en éveil et y furent maintenus
par des bruits inaccoutumés sur le pont d'un navire
marchand.

Ils ne pouvaient rien voir d'où ils étaient placés. Ce
ne fut donc que lorsqu'ils entendirent le câble glisser
dans l'écubier, qu'ils prirent le parti d'intervenir et
s'élancèrent en corps pour escalader les flancs du
schooner ; mais ils furent reçus par des hommes bien
préparés à la riposte, qui les culbutèrent en masse
dans la mer.

Il ne pouvait plus être question de dissimuler.

La chaloupe qui arrivait à la rescousse des rameurs
du canot se vit accueillie par une décharge de maître
Jacques. Cette salutation et l'apparition de la tête du
griffon dirent assez aux hommes restés à bord du
Talisman qu'il était temps pour eux d'intervenir.

Mulroy fit ouvrir le feu ; mais le *Vengeur* semblait
protégé par un charme, car la mitraille pleuvait sur
lui comme grêle, sans paraître l'endommager le moins
du monde. En revanche, chaque coup de maître

Jacques, pointé de la main même de Gascoyne, portait
le désarroi sur le pont du *Talisman* ; et chaque fois
qu'une grosse avarie était produite, le mâle et beau
visage du capitaine s'éclairait, tandis qu'il semblait
défier les boulets qui tombaient autour de lui sans le
toucher.

Gascoyne n'était plus le même : son calme majes-
tueux paraissait l'avoir abandonné ; sa voix de basse
dominait le bruit des canons ; il donnait des ordres
qu'il exécutait lui-même aussitôt ; ses hommes ne le
reconnaissaient plus et en avaient une peur bleue.

Le fait est que Gascoyne désirait depuis longtemps
déjà abandonner la voie pernicieuse dans laquelle une
heure d'égarement l'avait jeté ; mais il s'était aperçu
qu'il est plus aisé de se laisser aller au mal que de
revenir au bien ; il avait fait des projets d'amende-
ment ; mais, un à un, tous avaient avorté, et voilà
pourquoi, réduit à recourir encore à la force pour
défendre sa liberté, il cherchait dans le mouvement et
le bruit l'étourdissement que réclamait sa conscience.

Tandis que le combat continuait avec des alterna-
tives de chance et de malechance, le temps avait
changé. Évidemment un grain se préparait. Il éclata.
Emportés par la tourmente, les deux navires, à la file
l'un de l'autre, disparurent bientôt à l'horizon.

IX.

Henri Stuart et le père d'Alice, arrachés à une mort
presque certaine, étaient montés pour se reposer dans
le canot abandonné des huit rameurs du commandant
Montagne. Il leur fallut donc renoncer à tout espoir de
ravoir, pour le moment, l'objet de leurs vains efforts,
et ils regagnèrent la terre dans une disposition d'esprit
vraiment peu enviable.

La maison du riche colon ayant été incendiée,
Henri Stuart, au nom de sa mère, lui offrit un asile
temporaire, qu'il accepta, car la veuve était générale-
ment honorée et chérie de tous.

— Allons, ne vous désolez pas, lui dit-elle en le

voyant repousser son assiette sans pouvoir toucher à son contenu. Votre chère enfant est à bord de l'*Ecume*, elle est....

— Dites donc à bord du corsaire, répliqua Henri avec indignation, car il ne pouvait se consoler d'avoir été la dupe de Gascoyne.

— Elle est à bord de l'*Ecume*, reprit la veuve d'un ton péremptoire qui étonna ses deux auditeurs, et, par conséquent, je vous réponds de sa sécurité comme de la mienne ; pas un cheveu de sa tête ne sera touché. Elle est en aussi parfaite sûreté entre les mains de Gascoyne qu'entre les vôtres.

— Entre les mains du pirate Durward ! se récria encore Henri avec colère.

— De quel droit parles-tu ainsi ? riposta la veuve avec sévérité ; tu ne le connais que comme Gascoyne, honnête trafiquant et capitaine de l'*Ecume*. Il a été suspecté, c'est vrai ; mais être soupçonné n'est pas être coupable. Son bâtiment a été canonné par un vaisseau de guerre ; il a riposté : tout homme d'un caractère ardent comme le sien eût fait de même. Ses hommes nous ont ravi deux de nos enfants ; il n'y était pas, il ne l'a pas commandé. Il ne saurait en être rendu responsable.

— Mère, mère, supplia Henri, ne prends pas fait et

cause pour un pirate ; je ne puis supporter de l'entendre parler ainsi. N'est-ce pas ici même qu'il a fait la description du bateau corsaire ? et lorsqu'il a été attaqué par le *Talisman,* ne portait-il pas précisément les couleurs indiquées, montrant bien ainsi que c'est lui qui est le trop fameux Durward ?

La veuve pâlit.

— Ce n'est pas une preuve, dit-elle ; il doit avoir eu ses raisons pour agir comme il l'a fait ; et si vous les connaissiez, vous conviendriez sans doute qu'il n'a pas mal agi.

— Vous avez tort, madame Stuart, de prendre si chaleureusement le parti de cet homme, dit le père d'Alice.

— Quoi ! monsieur, voudriez-vous que, parce qu'il est soupçonné, j'oublie que c'est mon ami d'enfance, qu'il a sauvé la vie à mon père et veillé avec moi au lit de mort de ma mère ? Ce serait une singulière amitié que celle qui se détournerait d'un homme parce qu'il serait dans la peine !...

— Mère, puisque tu as toujours connu cet homme, conviens que tu sais qu'il est pirate.

— Je t'affirme que jamais rien ne m'a fait supposer qu'on pût l'identifier avec ce Durward.

Henri fut soulagé d'un grand poids. Il savait que

7

sa mère eût mieux aimé mourir que de dire un men-
songe.

Il était tard, et on se retira pour la nuit.

Le lendemain, à l'aube, le jeune Stuart fut réveillé
par un bruit de voix dans la pièce au-dessous, et il
reconnut avec stupeur la voix du pirate en grande
conversation avec sa mère.

Certes, il était trop bien élevé pour chercher à surprendre le secret de cette conversation ; mais c'était
une occasion unique de capturer cet homme redoutable. Il s'habilla à la hâte, saisit ses pistolets et
descendit.

— Oh ! pourquoi s'exposer ainsi ? disait Mme Stuart,
lorsqu'il fut à portée de la voix.

— C'est pour notre pauvre Henri que je suis venu
et pour la petite Alice.

Henri n'en entendit pas davantage. De quel droit
cet homme le traitait-il de pauvre Henri ? Exaspéré
comme il l'était, il se précipita vers la porte, qui s'ouvrit sans effort, et, s'avançant vers le milieu de la
pièce, il appuya son pistolet sur la poitrine de
Gascoyne en lui disant :

— Pirate Durward, au nom de la loi, je vous
arrête !

A l'arrivée inattendue de son fils, Mme Stuart s'était

courbée sur la table près de laquelle elle se trouvait et
avait caché sa figure dans ses deux mains. Gascoyne
écouta la sommation du jeune homme, d'abord en
fronçant le sourcil, puis avec un sourire.

— Tu as choisi un singulier moment pour plaisanter, mon garçon, dit-il en se croisant les bras.

— Pensez-vous me donner le change? répondit le
jeune homme; vous êtes mon prisonnier. Je sais que
vous êtes un pirate, et vous auriez fort à faire pour
vous disculper, ce me semble. Mère, retire-toi, je te
prie, que j'enferme cet homme.

La veuve ne bougea pas; mais Gascoyne fit un ou
deux pas en avant.

— Un pas de plus, et je tire. Que votre sang
retombe sur votre tête, Gascoyne.

Et comme le capitaine ne tenait nul compte de cette
injonction, le jeune homme lui posa le canon de son
pistolet sur la poitrine et tira, mais.... le pistolet était
déchargé.

Avec un cri de rage et de défi, Henri sauta sur
Gascoyne comme un jeune lion; il le frappa de la
crosse de son arme; mais, de sa main puissante, le
capitaine la lui arracha comme on arrache un jouet
à un enfant mutin et la lança à l'autre extrémité de
l'appartement.

— Vous ne m'échapperez pas, vous dis-je, cria
Henri Stuart en assénant un coup de poing sur la tête
de son adversaire.

Une lutte acharnée s'ensuivit.

C'était pour la veuve un spectacle terrible que la
vue de ces deux géants aux prises l'un avec l'autre ;
mais elle n'intervint pas, elle n'appela pas au secours ;
elle resta les mains jointes et comme fascinée.

Henri, quoique ayant près de six pieds comme son
antagoniste, était le moins fort, mais il était le plus
passionné. Gascoyne se défendait, parait les coups,
mais tout cela avec un soin extrême de ne pas blesser
le fils de son amie. Il était évident qu'il voulait le
lasser, mais non lui faire le moindre mal. Cela dura
jusqu'au moment où les premiers bruits du matin, la
cloche de l'église, le roulement lointain d'un chariot,
annoncèrent que les habitants du village allaient
recommencer leurs travaux quotidiens.

— Ah ! s'écria Stuart haletant, j'aurai toujours
bien la force de vous tenir jusqu'à ce que le secours
arrive.

Gascoyne ne répondit rien ; il se contenta de
prendre le jeune homme à bras-le-corps et de le sou-
lever comme une plume, puis il le coucha par terre et
appuya son genou sur sa poitrine jusqu'à ce que les

muscles de fer de Stuart se détendirent et laissèrent
échapper leur proie. Aussitôt Gascoyne se releva en le
maintenant par les deux bras comme un enfant.

— En ce moment, lui dit-il, je ne puis t'accorder
la satisfaction de subir un jugement comme pirate ; je
vais donc te proposer autre chose : tu passes pour le
meilleur coureur de la colonie ; eh bien ! si tu m'at-
trapes à la course, je me rends à toi sans sourciller.
Seulement, je t'annonce que ce ne sera pas précisément
facile.

En disant cela, il laissa aller le jeune homme, mais
si brusquement, que celui-ci perdit l'équilibre et
tomba contre le mur à quelque distance.

Quand Henri se fut relevé, Gascoyne était déjà sur
le seuil.

— Eh bien ! es-tu prêt ?

Henri avait été si abasourdi par cette conduite
inattendue, qu'il ne savait plus où il en était. Lorsqu'il vit Gascoyne s'éloigner en faisant un signe
amical et en disant : « Au revoir, Marie ! » il comprit
qu'il allait lui échapper et se mit à sa poursuite.

Il courut longtemps, longtemps, soutenu par l'espoir
de vaincre au moins dans ce genre d'exercice où il
excellait. Cependant il ne pouvait s'empêcher de
trahir des symptômes de fatigue, lorsque Gascoyne,

toujours à une trentaine de pas devant lui, se détourna
soudain et lui cria : « Au revoir, mon garçon ! » Puis
il disparut au bord d'un précipice, où il défia toutes les
recherches du jeune Stuart.

— Eh bien ! j'ai fait du bel ouvrage, mère, dit-il en
regagnant la demeure maternelle et en se jetant épuisé
sur une chaise.

La veuve était pâle et défaite ; néanmoins elle ne
put s'empêcher de sourire de l'extrême désappointe-
ment qui se peignait sur les traits de son fils.

— M'être fait battre dans les deux choses où je me
croyais le plus fort, à la lutte et à la course, reprenait
le jeune Henri, et cela par un homme qui a au moins
le double de mon âge ! Cependant le pire de tout, c'est
que j'ai laissé échapper un pirate.

— Je t'ai déjà prié de ne point le nommer ainsi.
Quelle preuve as-tu qu'il ne soit pas honnête ?

— Ah ! personne ne souhaiterait plus que moi de
le voir disculpé ! Figure-toi, mère, que je me suis pris
d'amitié pour lui ; je serais heureux de pouvoir lui
tendre la main ; j'aime les gens énergiques, adroits
et courageux.

Un sourire de satisfaction passa sur le visage de la
veuve.

Mais le jeune homme était trop occupé à débar-

rasser un plat de jambon de son contenu, pour y faire
attention.

En ce moment le père d'Alice entra.

— Je vous ai vu courir après notre homme ce
matin ; vous ne l'avez pas attrapé. Il est évident que
le bâtiment corsaire ne saurait être loin, puisque vous
avez eu la visite de Gascoyne. Et ma fille ?

— Je n'en ai rien su.

— Je le pensais, et je viens vous demander votre
concours, car enfin il faut tenter quelque chose pour
la ravoir. J'ai loué le cutter du charpentier ; m'accom-
pagnerez-vous dans mon expédition ?

Le jeune Stuart allait répondre, quand la porte
s'ouvrit, et Gascoyne apparut sur le seuil ; il donna un
tour de clef et marcha droit vers Henri, tout bouleversé
de ce retour inattendu.

— Vous êtes tous surpris, je le vois, dit-il. Le fait
est que j'étais venu ce matin pour accomplir un devoir
que M. Henri, ici présent, m'a fait perdre de vue. Il
n'était pas juste que je m'en tinsse quitte à si bon
marché, et me voici.

— Je ne recommencerai pas ce que j'ai déjà tenté
inutilement, dit Henri avec un peu d'humeur ; néanmoins, remarquez que nous serions deux contre un, si
c'était nécessaire.

— Ce ne sera point nécessaire, si vous voulez m'écouter pendant quelques minutes ; du reste, pour bien vous prouver la pureté de mes intentions, je me livre à vous complètement désarmé ; voyez.

Et il jeta par la fenêtre les deux pistolets et le coutelas placés à sa ceinture. Puis, il prit une chaise, s'assit au milieu de la salle, et de sa voix grave et triste il commença ainsi :

— Je suis là pour faire une confession : je suis bien Durward le pirate. Ah ! ne vous détournez pas de moi, Marie ; je vous en ai fait un mystère, parce que je craignais de perdre cette chère amitié qui nous a unis dès l'enfance ; mais, croyez-le, c'est la seule duplicité dont je me sois rendu coupable envers vous. J'ai profité de votre ignorance de ces sortes de choses pour vous laisser supposer que j'étais seulement un contrebandier ; et cela, me plaçant hors la loi, m'obligeait à dissimuler mon nom et mes agissements. Vous m'avez gardé le secret, Marie ; vous avez tenté l'impossible pour me ramener au bien, mais vous soupçonniez peu la force du filet dans lequel j'étais pris. Vous ne saviez pas que j'étais un pirate....

Gascoyne s'arrêta comme perdu dans ses réflexions. La veuve le regardait les mains jointes, pâle et les yeux

hagards ; mais personne ne bougea. On attendait sa
bonne volonté.

— Oui, j'ai été un pirate, mais non pas le bandit
qu'on a fait de moi, ajouta-t-il comme s'il ne s'adressait
qu'à la veuve.

— N'essayez pas de pallier l'atrocité de votre conduite, Gascoyne, dit alors le père d'Alice. Qui dit
pirate, dit assassin.

— Non, je ne suis pas un assassin, affirma Gascoyne,
toujours les regards fixés sur la physionomie boule-
versée de la veuve.

— J'admets que vous n'ayez tué personne de vos
propres mains, mais l'homme qui commande le crime
n'est-il pas aussi coupable que celui qui l'exécute ?

— Je n'ai jamais commandé de crime, et cette
main est aussi innocente de tout sang versé que celle
de l'enfant qui vient de naître. Me croyez-vous, Marie ?
oh ! me croyez-vous ?

La veuve paraissait dans l'impossibilité de répondre.

— Je vais m'expliquer, reprit le pirate avec un
long soupir ; et, se tournant maintenant vers Henri :
Pour des raisons qu'il serait trop long de vous expliquer ici, je résolus, il y a quelques années, de devenir
pirate ; j'avais été honteusement trompé par des
hommes riches et puissants ; j'en avais appelé à la loi

de mon pays, et la loi de mon pays avait refusé de me
rendre justice. Il est de tristes représentants de la loi
quelquefois. Peu importe d'ailleurs, on a des moments
de folie, car le mal qu'on m'avait fait avait plus encore
atteint ceux que j'aimais qu'il ne m'avait atteint moi-
même. Je jurai que je les vengerais. Je trouvai facilement des cerveaux aussi brûlés que le mien, à qui il
ne manquait qu'un chef. Le capitaine de l'*Ecume*,
dont j'étais le second, mourut de maladie, je lui
succédai. Je m'emparai du bâtiment, le nommai le
Vengeur, et le tour fut joué. Mais déjà je m'étais repenti
de ma grande colère, et j'eusse été disposé à rentrer
dans le droit chemin dont je n'aurais pas dû m'écarter.
Malheureusement, les hommes qui m'entouraient
étaient pires que moi : je ne pouvais plus me dégager.
Je résolus de modifier mes projets : je me constituai le
redresseur des torts du grand Océan, dédommageant
les uns du mal que les autres leur faisaient. J'expliquai
mon plan à mon équipage, je spécifiai que je consen-
tais à le commander à la condition expresse de ne
jamais verser le sang qu'en combat loyal et en légitime
défense. Mes hommes acceptèrent. Il fut donc convenu
qu'à l'occasion nous ne repousserions pas un profit
illicite, mais que jamais nous n'irions au delà, et nous
avons tenu parole. Marie, me croyez-vous ?

La veuve ne répondit point ; mais une légère inclination de tête donna satisfaction au pirate.

— Gascoyne, confondez-vous le vol à main armée, comme vous paraissez l'avoir pratiqué, avec un combat loyal? demanda Henri.

— Non ; et cependant que d'amiraux fameux dans les fastes de la marine ont fait pire que moi ! rétorqua le pirate. Mais ce n'est pas pour discuter mes torts que je suis venu ; c'est pour les réparer dans la mesure de mes moyens ; après quoi vous ferez de moi ce que vous voudrez. J'ai mérité de mourir, tuez-moi, peu m'importe.

— Oh ! Gascoyne, ne parlez pas ainsi, s'écria la veuve ; si vraiment vous n'avez jamais fait périr personne, vous n'avez pas mérité de mourir, et je ne veux pas que vous mouriez.

Un éclair de joie illumina la noble physionomie de Gascoyne, mais il reprit en s'adressant au père d'Alice :

— Votre petite fille est entre les mains des pirates.

— Mais non pas en votre pouvoir, répliqua le père.

— Et c'est bien là le malheur : il vaudrait cent fois mieux qu'elle fût en mon pouvoir qu'en celui de mon second, qui est le plus grand bandit que je connaisse.

C'est à lui que je dois d'être ici ce matin ; il a mutiné quelques-uns des hommes de mon bord qui m'ont saisi pendant mon sommeil, m'ont attaché et bâillonné, puis on m'a jeté dans un bateau et conduit à terre. Manton ne demandait pas mieux que de me couper la gorge et de se débarrasser une bonne fois de moi. Heureusement quelques-uns de mes gaillards s'y sont opposés, et c'est à eux que je dois la vie et la liberté.

— Mais alors, ma fille, mon Alice ! s'écria le père désespéré, comment la sauver ?

— En suivant mon conseil, répondit Gascoyne. Vous avez un petit cutter à l'ancre au pied de la falaise ; choisissez quelques hommes sûrs, et je vous conduirai à l'île où le *Vengeur* trouve d'ordinaire un refuge lorsqu'il y a du gros temps à supporter.

— Comment savez-vous que Manton s'y rendra cette fois-ci ?

— Parce qu'il est à court de poudre et que toutes nos provisions sont cachées là, sans compter une bonne partie de nos richesses.

— Savez-vous que ce que vous me demandez là, c'est tout simplement de nous mettre tous en votre pouvoir ?

— Oui, mais c'est à cette seule condition que vous

pouvez espérer de revoir votre enfant. Elle sera en
sûreté et à votre portée tant que le *Vengeur* n'aura pas
quitté l'île. Si vous manquez cette occasion, l'enfant
sera à jamais perdue pour vous. Je m'engage à vous
être fidèle, et, sitôt mon œuvre terminée, à m'abandonner à la justice.

— Mère, faut-il se fier à lui? demanda Henri.

— Tu peux t'y fier d'une manière absolue, répondit
la veuve d'un ton de confiance parfaite, qui rassura
les deux auditeurs et amena un sourire de satisfaction et de reconnaissance sur les lèvres du
pirate.

On s'occupa alors d'organiser les détails de l'expédition destinée à sauver la pauvre petite Alice. Ce ne
fut pas long; et comme Henri venait de rouvrir la
porte fermée à clef par Gascoyne, un des colons de
l'île entra précipitamment.

— Savez-vous les nouvelles, Henri? Oh! mais....

Cette brusque exclamation lui avait été arrachée par
la vue de Gascoyne, qui s'était levé en voyant entrer un
étranger, et s'était dirigé vers une petite pièce qu'il
avait fermée à clef derrière lui.

— Quel est cet individu? demanda le colon en
indiquant la direction où il avait vu disparaître
l'inconnu.

— C'est un de mes amis, répondit vivement la veuve en s'avançant.

— Ah ! c'est différent, madame Stuart ; et m'est avis qu'il vaut mieux l'avoir pour ami que pour ennemi.

— Quelles sont donc les nouvelles qui vous ont si fort bouleversé ? demanda Henri.

— Gascoyne le pirate a été vu dans l'île, et une véritable chasse à l'homme s'organise en ce moment. Etes-vous des nôtres ?

— Non ; une besogne plus importante me réclame ailleurs. Je vais, du reste, vous mettre au courant, si vous m'accompagnez à l'endroit où le cutter du père Smithson est à l'ancre.

Henri quitta alors la maison et fit si bien, que le digne colon, mis dans la confidence, s'engagea à faire partie de l'expédition projetée.

Le capitaine de l'*Ecume* ne se rendit au rendez-vous qu'à la nuit tombante, escorté par le père Masson, qui, revenu sain et sauf de la passe des Chèvres, gardait une dent contre Gascoyne pour l'y avoir envoyé, et voulait avoir l'honneur de lui brûler la cervelle, si l'occasion s'en présentait.

———

X.

L'île des Palmes vers laquelle Gascoyne tourna la
proue de la *Guêpe*, — c'était le nom du cutter — était
à cinq ou six journées de navigation de Sandy-Cove.
Le pirate ne s'était pas trompé en supposant que
Manton s'y rendrait tout droit. Le second du *Vengeur*,
devenu son capitaine, se montrait fort conciliant avec
ses captifs, c'est-à-dire qu'il les laissait libres et tran-
quilles, à la condition que Montagne n'adressât la
parole à aucun des hommes de l'équipage et que les
enfants se tinssent hors de son chemin.

En atteignant l'île des Palmes, les pirates se hâtèrent
de ravitailler leur petit bâtiment; mais, pour accomplir
en paix cette opération délicate, ils mirent à terre leurs

prisonniers, qui furent conduits sous bonne escorte
de l'autre côté de l'île, et pourvus des choses les plus
indispensables à l'existence.

Sans aucun doute, Manton ne s'était jamais cru plus
assuré de l'impunité. Il se doutait peu, le malheureux,
en saluant l'île le matin, que Gascoyne y aborderait
dans la soirée du même jour. Le dessein de ce dernier
n'était pas d'entrer en lutte ouverte avec ses anciens
associés ; sa petite troupe était trop faible pour cela.

— Quelles sont vos intentions ? demandait le jeune
Stuart en regardant le soleil se coucher dans un ciel
empourpré, où certains symptômes précurseurs de
mauvais temps étaient visibles.

— Il faut attendre la nuit noire, répondit Gascoyne,
et nous emparer du schooner par surprise.

Henri regarda son interlocuteur avec un étonnement
qui n'était point exempt d'un peu de méfiance. Mais
le père Masson traduisit l'inquiétude de tous d'une
manière plus sensible.

— A vous entendre, on dirait que vous n'avez aucun
doute du succès, monsieur Gascoyne.

— En effet, je n'en ai pas, répondit celui-ci.

— Je crois fort que vous n'en avez point, repartit
alors le vieillard. Je ne doute point que vos compagnons ne vous reçoivent à bras ouverts ; mais quelle

garantie avons-nous, monsieur Gascoyne — ou
monsieur Durward, comme vous voudrez — que vous
ne nous réservez pas l'honneur de jouer un rôle
dans quelque représentation tragique destinée à égayer
votre équipage pour célébrer votre retour?

— Vous n'avez d'autre garantie que ma parole,
répliqua Gascoyne.

— La parole d'un pirate! murmura quelqu'un.

— Ah! vous dites vrai, s'écria le père Masson, qui
s'échauffait en parlant, et je crois que nous avons été
bien mal avisés de nous jeter ainsi dans la gueule du
lion. Mais souvenez-vous, maître.... — qui que vous
soyez — que si vous nous avez trichés, je ne donnerai
pas deux liards de votre vie.

— N'est-ce pas moi qui suis en votre pouvoir,
monsieur Masson? répliqua Gascoyne d'un ton de
reproche. Puis-je vous empêcher, si la fantaisie vous
en prend, de mettre le cap sur Sandy-Cove, sans
aborder l'île des Palmes? Seulement, en ce cas, la
petite Alice est perdue.

— Eh bien! moi, j'ai foi en Gascoyne, dit le père
de l'enfant; ou, pour être plus véridique, j'ai foi
en votre répondant, l'excellente Mme Stuart, en qui
j'ai une confiance aveugle. Je vous serai reconnaissant,
père Masson, d'attendre les événements avant de

8

témoigner à M. Gascoyne une méfiance qu'il peut ne pas mériter.

— Nous allons avoir du gros temps, dit alors le capitaine ; il faut espérer que notre entreprise aura réussi auparavant. Manton doit occuper le seul port de l'île, il nous faut donc courir le risque de nous lancer sur les écueils.

— Le risque ! répéta Masson exaspéré ; et si nous touchons ?... Nous aurons le choix entre aller demander l'hospitalité à vos hommes ou retourner à la nage à Sandy-Cove ?

— Si nous touchons, je prendrai le bateau, je débarquerai les hommes et j'abandonnerai le cutter à son malheureux sort. Le *Vengeur* suffira à nous ramener tous à Sandy-Cove.

La nuit était rendue plus noire par l'approche de ces gros nuages, indice certain de la tempête.

— Tout va bien, dit Gascoyne à demi-voix dans un moment où Stuart et lui interrogeaient l'horizon ; plus le ciel et la mer feront rage, plus nous serons sûrs de la réussite. Henri, mon garçon, je suis fâché que tu aies une si mauvaise opinion de moi.

Le jeune homme fut on ne peut plus surpris de cette remarque et de la profonde tristesse avec laquelle elle était faite.

--- Peut-il en être autrement quand vous convenez vous-même que vous êtes un pirate?

— Mais cette confession prouve en ma faveur; rien ne m'obligeait à m'accuser ni à me livrer entre tes mains.

— Vous livrer!... Reste à savoir jusqu'à quel point vous avez l'intention de le faire.

— Tu n'as donc pas confiance en moi, Henri? Tu ne crois pas ce que j'ai affirmé l'autre jour à ta mère?

Stuart hésita.

— Pourtant ta mère m'a cru.

— Eh bien! Gascoyne, à dire vrai, je ne sais si je vous crois entièrement; mais je suis fortement tenté de le faire, et je vous plains, je vous plains de tout mon cœur. Vous auriez pu mener une vie si différente! Vous le pourriez même encore.

— Tu oublies, reprit Gascoyne avec tristesse, que je me suis rendu à toi, et qu'aujourd'hui tu réponds de ta capture.

Le jeune homme n'avait pas prévu cette réponse. Dans l'enthousiasme de sa pitié naissante, il avait oublié le pirate pour le pénitent; mais, avant qu'il eût pu répondre, le cutter avait donné contre un récif, et un cri unanime de surprise et de terreur éclata dans la petite troupe réunie sur le pont.

— Silence ! cria Gascoyne, rendu à ses devoirs de capitaine ; dégagez le canot, que chacun de vous s'arme et prenne place dedans. Il n'y a pas une minute à perdre.

— Le cutter est pris, dit Henri ; il ne bougera pas si la tempête n'est pas trop violente ; nous n'aurons qu'à venir le dégager.

— J'en doute, répliqua Gascoyne. Et maintenant y sommes-nous tous ? Viens vite, mon garçon.

— Je reste, répondit le jeune homme.

— Pourquoi ? fit Gascoyne avec surprise.

— Le cutter appartient à un ami, et je ne veux pas l'abandonner sans tenter de le sauver.

— Il est perdu sans retour, Henri.

— Ce n'est pas mon avis ; il vient d'être soulevé par les flots. Si cela se produit encore pendant que nous serons sur le rivage, il sera emporté vers la haute mer, et nous ne la reverrons plus. C'est ce que je veux éviter. Laissez-moi là jusqu'à ce que vous ayez débarqué, puis renvoyez-moi le canot et deux hommes ; nous déchargerons le cutter de son lest, et nous tâcherons de le remettre à flot : cela ne nous prendra guère qu'une demi-heure.

Le voyant ainsi déterminé, Gascoyne céda, quoique

à regret ; mais il fallut un certain temps pour atteindre le rivage. Avant que le canot pût revenir, la tempête s'était déchaînée plus violente qu'on ne l'avait craint. Le cutter fut enlevé par la première vague et subit un rude choc ; puis il se mit à courir devant la tempête.

Henri s'empara du gouvernail et maintint le navire sous le vent. Il croyait qu'il avait atteint la haute mer, tandis qu'il était emporté de récif en récif. Un nouveau choc le précipita à l'autre extrémité du pont ; meurtri, il revint prendre la barre ; mais le cutter disloqué craquait dans toute sa membrure et ne répondait plus à la main du pilote. Une lame plus forte l'enleva encore une fois et le rejeta sur un nouveau brisant.

Henri ne désespérait pas encore.

Il fallut que le pauvre petit navire, désemparé, ballotté d'écueil en écueil, fût absolument mis en pièces sur les rochers, pour que le jeune Stuart comprît enfin à quoi sa bonne foi et sa loyauté l'avaient exposé. Il s'empara d'un tronçon du mât à portée de sa main et lutta vaillamment jusqu'au matin. A l'aube, il reconnut qu'il était entouré de nombreux débris, dont un se trouva assez large pour lui former une sorte de radeau, sur lequel il s'empressa de prendre pied, épuisé qu'il était par une immersion de plusieurs heures.

Son premier mouvement fut de tomber à genoux pour remercier Dieu, qui l'avait si miséricordieusement épargné. Puis il procéda à son installation.

Le plus pressé était de se sécher. Le soleil s'en chargea. Il choisit ensuite parmi les épaves que le flot amenait et remportait sans cesse quelques objets qui devaient lui être d'une certaine utilité ; mais il ne trouva rien à manger, bien que ce fût assurément un de ses plus pressants besoins.

Revenons au canot qui emportait au rivage Gascoyne et sa petite troupe.

Ce ne fut qu'avec une peine inouïe que l'embarcation atteignit la terre, et, malgré la profonde obscurité, chacun remarqua l'extrême inquiétude qui semblait dévorer le capitaine.

— Je crains fort, hasarda Masson avec tristesse, que notre ami Stuart ne soit en ce moment bien exposé.

— Il est perdu ! murmura Gascoyne d'une voix qui fit tressaillir tout le monde.

— Ne dites pas cela ! se récria le père d'Alice ; il est jeune et énergique ; il viendra bien à bout du cutter jusqu'à ce que nous puissions aller le délivrer.

— Aller le délivrer ! fit Gascoyne avec une explosion de douleur et de rage ; croyez-vous donc que je resterais là à me ronger les poings sur le rivage, si notre bateau pouvait, pendant deux minutes seulement, affronter la mer démontée qui nous entoure? Ah! croyez-moi, à l'heure qu'il est les vagues se disputent les débris du cutter, et Stuart où est-il?

Il y avait une si profonde angoisse dans ce cri désespéré, que le père d'Alice, qui savait ce qu'était l'inquiétude pour un être chéri, s'avança, et, saisissant la main de Gascoyne, lui dit avec sympathie :

— Ayez confiance, il est trop bon nageur pour être bien loin; il s'accrochera à quelque épave et nous attendra patiemment.

— C'est vrai! s'écria Gascoyne en se rattachant avec ardeur à cette espérance, si légère qu'elle fût; hâtons-nous, il nous faut le schooner le plus tôt possible. Suivez M. Masson, vous autres, et obéissez-lui en tous points ; et maintenant, ajouta-t-il en tirant le vieux colon à l'écart, le moment de l'action est arrivé ; je vais vous conduire à un endroit où vous resterez cachés jusqu'à mon retour.

— Et si vous ne reveniez jamais? fit le soupçonneux vieillard.

— Alors vous y resterez jusqu'à ce que vous soyez fatigués et vous irez ensuite où bon vous semblera, répondit Gascoyne avec un peu d'amertume.

— Allons, allons, nous sommes en votre pouvoir ; tirez vos plans, j'en ferai ce que....

Mais Gascoyne n'était pas d'humeur à relever les sorties du bonhomme ; il lui donna les instructions nécessaires, le posta, lui et ses hommes, dans un lieu sûr, puis il s'éloigna seul dans les ténèbres de cette nuit terrible.

Lorsqu'il fut près du mouillage de son navire, ses mouvements devinrent de plus en plus circonspects ; il s'arrêtait fréquemment pour écouter, puis enfin il se mit à ramper jusqu'à une petite éminence d'où il put voir ce qui l'intéressait.

Il s'agissait pour lui de se rendre compte si l'équipage était à bord ou s'il était à festoyer à terre, suivant son habitude en pareille occasion. Dans ce dernier cas, on ne laissait sur le navire qu'un homme de quart dont il était facile d'avoir raison.

L'examen prouva que les choses s'étaient passées comme il l'avait prévu ; il se mit donc à nager avec précaution, grimpa à bord sans donner l'éveil, sauta sur le garde solitaire sans lui laisser le temps de se reconnaître, le bâillonna, lui lia pieds et poings et l'enferma dans la cale. Puis il déploya une immense couverture : c'était le signal convenu.

Quelques minutes après, une pipe fumée discrète-

ment sur le rivage lui montra que ses instructions
avaient été suivies et qu'on avait retrouvé Montagne,
Alice et Arthur. Tout était donc prêt pour l'embarque-
ment, qui se fit dans un religieux silence. Une heure
plus tard, le *Vengeur* quittait son mouillage, sans
laisser plus de trace qu'un de ces vaisseaux-fantômes
qui figurent dans toutes les légendes de la marine
britannique. En mettant le pied sur le bâtiment corsaire, Montagne et Masson en avaient pris possession
au nom de la loi ; cependant ils reconnurent qu'il
était sage de se soumettre à tout ce que Gascoyne
trouverait bon d'exiger, car lui seul connaissait les
parages dangereux où l'on se trouvait actuellement.
Il fut donc résolu qu'on le laisserait entièrement
maître à son bord ; mais ce ne fut pas sans inquiétude que chacun s'abandonna à cet homme étrange.

Quand le capitaine eut conduit son navire sous le
vent, il donna l'ordre de dévisser le long canot qui
cachait le canon ; il fut mis à la mer, puis Gascoyne
donna le gouvernail à un des hommes présents, en
lui expliquant dans quelle direction il devait le manœuvrer, et il disparut.

Quelle ne fut pas la surprise de tous lorsqu'on le
vit revenir portant un homme dans ses bras robustes !
Il le descendit dans le canot, le délia et lui dit :

— Pars avec ce canot; voici deux rames, le vent
est bon, il te portera vers l'île; tu diras à Manton que
c'est mon cadeau d'adieu. Je ne peux pas réparer le
mal que j'ai fait; je peux seulement fournir à chacun
de vous un moyen de salut, afin qu'il vous soit, à vous
du moins, possible de commencer une vie plus utile
et plus honorable que par le passé. Dis-leur que leur
retraite est éventée; quittez-la sans retard et soyez plus
heureux que moi! Adieu!

En disant ces mots, il coupa le câble qui attachait
le canot au navire et retourna prendre sa place au
gouvernail.

Le schooner ne tarda pas à arriver à l'endroit où la
Guêpe s'était perdue.

Ce fut alors que chacun comprit combien il était au
pouvoir de cet homme qui les promenait, sans un mot
d'explication, d'un écueil à un autre écueil, dans ces
parages dont la vue seule suffisait à abattre le cœur le
plus vaillant.

Vers le soir de ce jour d'angoisse, le jeune Arthur
— qui était un ami de Henri Stuart, autant qu'un
gamin de douze ans peut l'être d'un homme qui en a
vingt — s'enhardit à adresser la parole à ce vieux
loup de mer qui en imposait à tous :

— C'est Henri que vous cherchez? lui demanda-t-il.

— Oui, mon enfant, répondit le capitaine, avec quelque chose qui ressemblait à un sourire, mais qui disparut bien vite, laissant la place à une dévorante anxiété.

Trois jours et trois nuits durant, Gascoyne resta au gouvernail sans répondre à quiconque lui parlait, mangeant parfois une bouchée de biscuit qu'Arthur lui présentait, ou buvant un verre d'eau, mais sans détourner son regard de la mer, qu'il interrogeait sans cesse.

Chacun se sentait pris de sympathie pour cet homme fort, si profondément abattu par la perte de son jeune ami.

Le troisième jour, Montagne se dirigea vers lui, et, d'une voix douce :

— J'ai bien peur que Henri ne soit plus ici, lui dit-il.

Gascoyne tressaillit comme si un poignard lui eût traversé le cœur. Un moment, il regarda son interlocuteur avec une sorte de rage; l'instant d'après, il lui dit d'une voix morne :

— Croyez-vous qu'il n'y ait plus d'espérance?

— Plus aucune, répondit Montagne. Croyez que je souffre de vous infliger cette douleur, à vous qui paraissez être le plus intime ami de cet infortuné jeune homme.

— C'était le fils de ma meilleure et de ma plus
ancienne amie, répondit-il avec douleur. Que conseillez-vous, monsieur Montagne?

— Je pense, ou plutôt.... ne pensez-vous pas qu'il
vaudrait autant renoncer à une recherche désespérée?

Gascoyne laissa tomber sa tête sur sa poitrine. Il
resta quelque temps immobile et silencieux, tandis
que sa main nerveuse se jouait avec cette barre qu'elle
avait si vaillamment guidée. A la fin, il fixa un douloureux regard sur le jeune commandant et lui dit
d'une voix basse et triste :

— Je remets le schooner entre vos mains, monsieur
Montagne.

Et, quittant le gouvernail, il se rendit dans sa
chambre, où il s'enferma.

Montagne changea la direction du navire et mit le
cap sur Sandy-Cove.

XI.

Grâce à la trahison d'une des recrues faites, on s'en souvient, aux dépens de l'*Ecume*, le *Talisman* avait eu connaissance de l'île des Palmes. Il s'y était rendu et avait rencontré sur sa route un radeau qui s'en allait à la dérive. A sa grande surprise, il avait trouvé sur ce radeau le jeune Stuart, à demi mort.

On juge si ce dernier avait été soigné, choyé, fêté, si bien qu'une dizaine de jours après les événements relatés dans notre précédent chapitre, il était accoudé sur la dunette, aussi bien portant que jamais, et causant avec Mulroy, quand le cri de la vigie le fit tressaillir :

— Une voile à bâbord.

— Cette voile ressemble étrangement à celle de notre

ennemi *le Vengeur*, remarqua le second lieutenant.

— Bien, on lui fera une chaude réception, repartit Mulroy, qui n'avait point pardonné au corsaire le rude traitement qu'il avait infligé au *Talisman*.

— Ne croyez-vous pas plutôt que Gascoyne a réussi à enlever son navire des mains de son second et qu'il vient à nous en ami?

— Allons donc! des amis comme cela, il ne faut pas les laisser échapper, quand on a le bonheur de mettre la main dessus. Ce qui m'étonne, c'est qu'il ait l'audace de se diriger sur nous. Tenez, son grand canon est à découvert; il compte sur ses remarquables qualités nautiques pour nous échapper encore une fois; il va nous saluer au passage, puis nous montrera les talons. Tout beau, cela ne se passera pas toujours de la même manière.

— Voilà son pavillon, remarqua le second; oui..., voyez, c'est le pavillon britannique.

— Je suis certain que c'est votre capitaine qui commande à ce bord, dit Henri, après avoir raconté à Mulroy tous les incidents de la capture de Montagne.

Les doutes de Mulroy furent bientôt éclaircis par l'approche du schooner, et moins d'une heure après Montagne foulait de nouveau le pont de son cher *Talisman*.

Une voile à bâbord.

On juge l'échange de félicitations qu'il y eut entre le commandant et ses officiers, puis les colons, et si l'on fit fête aux enfants ! Cela durait depuis longtemps déjà sans qu'on songeât à s'en lasser, lorsque Henri s'écria soudain :

— Et Gascoyne ! Qu'avez-vous fait du capitaine du *Vengeur?*

— Nous l'avons bel et bien oublié, dit Masson, et je serais fort étonné s'il n'avait pas profité de l'occasion pour nous fausser compagnie.

— C'est une crainte bien superflue, intervint le père d'Alice. Le pauvre diable ! Vous ne sauriez croire combien l'idée de votre mort — car nous vous avons cru perdu — a changé et abattu cet homme; on ne le reconnaîtrait pas ! Certes, nous vous aimons bien tous, mais je conviens que nul ne vous a regretté comme notre pirate. C'en est même inexplicable pour moi. Je ne sais pas de quoi il a vécu. Nous ne l'avons plus revu depuis que nous avions renoncé à vous retrouver.

— Pauvre Gascoyne ! il est bien juste que j'aille le consoler.

De son côté, le tumulte produit par la rencontre des deux navires avait arraché Gascoyne à sa sombre reverie; il s'avançait vers le *Talisman*. Quand il vit Stuart accourir à sa rencontre, il poussa un cri presque

surhumain, et cet homme si fort, si maître de lui, se
prit à trembler comme la feuille.

Mais bientôt il s'était élancé, il avait saisi le jeune
homme et le serrait contre sa poitrine dans une étreinte
passionnée, comme s'il craignait encore qu'on ne vînt
le lui arracher. Au bout d'un instant de cette effusion,
il le relâcha et lui dit avec une gaieté forcée, en l'entraînant par la main :

— Viens, Henri, mon garçon; j'ai à te parler,
suis-moi.

Et il l'emmena dans sa cabine, dont il referma la
porte sur eux.

Ai-je besoin de dire que du *Talisman* on suivait
avec curiosité les faits et gestes de cet homme singulier? Mais les curieux en furent pour leur peine,
et nul ne sut ce qui se passa dans l'étroite cabine du
schooner.

Quand Henri sortit de cette mystérieuse entrevue,
il avait l'air inquiet et troublé. Quant à Gascoyne,
auquel ces quelques jours de retraite avaient donné
l'air d'un vieillard, il semblait grave, recueilli, mais
heureux.

Ce fut à qui accaparerait le jeune homme pour l'interroger. Quelle confidence le pirate avait-il donc à
lui faire? Pourquoi lui témoignait-il tant de tendresse?

Et mille autres questions. Mais à tout le jeune homme
se contentait de répondre :

— Ce sont des affaires personnelles ; il m'est interdit
de rien dire. Vous avez bien le temps de l'apprendre.

Henri et les colons restèrent à bord du navire capturé, mais Gascoyne fut retenu prisonnier sur le
Talisman. Montagne sentait que son devoir eût été
de le mettre aux fers, mais il ne pouvait prendre sur
lui de sévir avec tant de rigueur contre un homme qui
lui avait rendu un service tellement signalé. Aussi le
laissa-t-il en liberté jusqu'au dernier moment. Durant
la nuit, une brise carabinée se leva et, sans compro-
mettre la sûreté des navires, les empêcha de voguer
de conserve. Un danger d'une autre nature menaçait
l'existence du *Talisman*, bien que personne ne s'en
doutât.

La recrue faite à bord de l'*Ecume* par les soins de
Montagne, le matelot qui, le premier, avait vendu le
secret du *Vengeur*, était à bord du vaisseau de guerre.
On l'a vu, il avait trahi également la retraite des
pirates, espérant que ses anciens compagnons seraient
pris au piége, mais il s'était gardé de révéler l'existence de la caverne qui recélait les trésors de l'asso-
ciation, espérant bien être seul à en profiter un jour.
Il avait été déçu dans son espérance ; car, grâce aux

précautions prises par Gascoyne, Manton et ses hommes avaient pris la fuite avant l'arrivée du *Talisman*. Cet homme lâche et fourbe avait compté sur l'effet de sa dénonciation pour obtenir une amnistie pleine et entière ; mais le commandant ne paraissait pas disposé à la lui accorder, et, se voyant frustrée de sa vengeance sur les siens, cette âme diabolique avait besoin de s'en prendre à quelqu'un. A la faveur des ténèbres de cette nuit tourmentée, il se leva de son hamac et se rendit dans un coin du navire où il avait, à tout événement, rassemblé les éléments de la catastrophe qu'il méditait. Une toile goudronnée recouvrait les préparatifs que le matelot avait faits depuis son arrivée à bord du *Talisman*. Il ne lui manquait qu'une allumette pour mettre le feu aux matières inflammables réunies par lui à loisir. Il battit le briquet avec mille précautions, alluma une mèche et resta dans l'ombre pour surveiller la réussite de ses projets incendiaires.

Pendant quelques minutes, le feu couva sous la toile, qui empêchait l'air de la nuit d'activer sa marche ; mais il n'en acquérait pas moins une force terrible. Bientôt une odeur de brûlé fit sursauter les matelots réunis dans l'entre-pont, et un premier cri de « Feu ! feu ! » retentit.

A ce cri, et comme une réponse, la flamme éclata

sinistre et impétueuse. Il y eut un instant de confusion,
car rien n'est plus affreux, sur mer, que la lueur d'un
incendie; mais ce fut la durée d'un éclair. La discipline sévère de la marine prévalut, et chaque homme
se trouva à son poste, prêt à faire la chaîne, avec
toute l'énergie et la régularité désirables.

Les ordres se transmettaient et s'exécutaient sans
retard et sans encombre, chacun déployant toute la
somme de zèle et de courage dont il était capable.
Mais nul, au milieu de ce zèle, n'égalait le capitaine
Gascoyne. Sa grande force physique faisait de lui un
auxiliaire inappréciable. Il se multipliait, était partout
à la fois, prévoyant tout, préservant les uns et les
autres des accidents presque inévitables, résultant de
la chute des grands madriers enflammés.

On le voyait tour à tour travailler aux pompes, ou
passer, ployé sous le poids des couvertures mouillées
nécessaires pour recouvrir tel ou tel point menacé.
Montagne et lui rivalisaient d'ardeur et de calme
énergie. Mais Gascoyne, si habitué pourtant au commandement, ne se laissa pas une fois aller à donner
un ordre à ce bord qui n'était pas le sien.

Malheureusement, le mal avait été trop longuement
combiné pour pouvoir être conjuré, même par un
concours de bonnes volontés empressées. Il fallut

songer au salut de l'équipage. Les canots furent mis à la mer et les hommes embarqués ; quand tous y eurent pris place, Gascoyne et Montagne étaient encore accoudés sur le parapet. Celui-ci se tourna avec une profonde émotion :

— Descendez, monsieur Gascoyne, je dois être le dernier à abandonner mon navire.

Sans répliquer, Gascoyne se laissa glisser dans l'embarcation, et le commandant le suivit. A peine étaient-ils à quelques brasses, qu'ils aperçurent l'auteur de la catastrophe, qui s'était jusqu'alors dérobé aux regards, debout sur le gaillard d'arrière, et les défiant avec des rugissements insensés.

— Nous ne pouvons abandonner cet homme, dit Montagne ; force de rames, enfants ; ramenez-nous au *Talisman*.

Mais la mer était grosse, et le bâtiment, à demi consumé, semblait vouloir se soustraire à leur approche et filait sous le vent. Ce fut heureux pour tous. Tandis qu'on redoublait d'efforts, on vit tout à coup se former une flamme blanche et éclatante, comme si un volcan se fût ouvert au sein de l'Océan. Le feu avait pénétré dans la soute aux poudres, et soudain une explosion épouvantable eut lieu ; puis tout rentra dans le silence. Lorsqu'il fut possible de distinguer les objets, on s'aperçut que le navire avait sauté, et qu'il ne restait plus, de ce beau vaisseau de guerre, que des épaves noires et disséminées sur les flots.

L'équipage trouva un asile sur le schooner; et quand parut l'aube matinale, elle éclaira des groupes hagards, consternés.

Toutefois, deux hommes causaient à l'écart, et, chose étrange, ils ne parlaient pas de la catastrophe, qui absorbait cependant tous les esprits.

— Pourquoi ne pas fuir? demandait Henri avec anxiété.

— Parce que j'ai pris l'engagement de me rendre.

— Mais pas à la justice, répondait le jeune homme impétueusement. Vous avez dit que vous vous rendriez au père d'Alice et à moi; or, moi, il ne me convient pas d'intervenir, et je sais que rien au monde n'y décidera le père de l'enfant que vous avez sauvée. Vous êtes donc dans votre droit.

— Ah! Henri, tes sentiments ont faussé ton jugement; tu ne parlais pas ainsi le jour où tu voulais me brûler la cervelle, et c'est alors que tu avais raison. Ma vie ne m'appartient plus, et je ne la disputerai point à la justice.

— Votre vie n'a rien à voir là-dedans. Vous n'avez

Soudain une explosion épouvantable eut lieu.

jamais assassiné; vous la ravir serait un assassinat juridique.

— Ma vie ou ma liberté, c'est tout comme!

— C'est précisément pour cela, et parce que le témoignage que vous rend votre conscience n'aura aucune valeur aux yeux d'un juge, que vous devez vous soustraire au jugement, pendant qu'il en est temps encore.

— Ne cherche pas à ébranler ma conviction arrêtée, Henri. J'ai désobéi aux lois de mon pays, je me suis écarté des voies de l'honneur, il est juste que je subisse le châtiment que j'ai mérité. Je me suis bien dit que je pourrais, par une vie nouvelle, me rendre plus utile à mes concitoyens que je ne leur ai été nuisible; mais j'ai pris l'engagement de me rendre à la fin de cette croisière, et rien ne me fera manquer à ma parole. N'insiste donc pas, mon garçon.

Henri ne répondit pas tout d'abord, et ses sourcils contractés montraient qu'il s'accommodait mal de la décision de son ami. Soudain sa physionomie s'éclaira.

— Eh bien! vous le voulez, dit-il, soit! C'est à moi que vous vous êtes rendu, vous êtes mon prisonnier, et vous ne m'échapperez pas.

Puis, sur cette sortie, singulière après ce qui venait d'être dit, il se détourna et se mêla à la foule qui encombrait le pont étroit du petit navire.

A mesure qu'on approchait de Sandy-Cove, Gascoyne remarquait que Montagne avait l'air plus embarrassé avec lui. A la fin, il eut pitié du sentiment qui agitait le jeune commandant, et, l'abordant le premier, il lui dit :

— Je comprends ce que vous hésitez à me dire : vous avez un devoir à remplir, remplissez-le, je suis prêt.

— Gascoyne, répondit Montagne avec une émotion qui faisait honneur à sa délicatesse et à son cœur, je donnerais beaucoup pour vous éviter ce qui me reste à faire, ou, du moins, pour que ce douloureux devoir incombât à tout autre. Croyez-moi, j'apprécie ce que j'ai vu de votre conduite pendant ces quelques jours, et j'ai une confiance entière en ce que vous nous avez dit. Je vais plus loin, et j'espère que cela influera sur vos juges et les déterminera à l'indulgence. Cependant il m'est interdit de vous permettre de quitter ce navire en homme *libre*.

— Je le sais, dit Gascoyne avec calme.

— Il y a plus..., il y a plus..., dit Montagne, qui balbutiait et ne savait comment poursuivre.

— Dites toujours, capitaine; j'apprécie la générosité de votre sympathie, mais je suis prêt à tout.

— Il faut, reprit Montagne, que je vous fasse mettre les menottes.

Gascoyne tressaillit. Lui qui croyait avoir tout prévu, n'avait pas pensé à cette honteuse formalité.

— Soit, dit-il enfin, en se laissant tomber sur une caronade et en détournant la tête pour éviter les regards des témoins de cette scène douloureuse.

Mme Stuart s'était à dessein tenue à l'écart lorsqu'il avait été question de l'arrivée du navire. Elle ne mettait pas en doute le succès de Gascoyne; mais ce succès, rendant la liberté à Montagne, assurait la captivité du pirate. Elle ne pouvait supporter de le revoir en public comme prisonnier. Elle attendit donc qu'il eût été transféré à la prison pour se rendre auprès de son ami. Comme elle sortait pour cela, elle vit Henri accourir au-devant d'elle.

— Oh! mère, pourquoi ne m'avoir pas dit ce qu'est Gascoyne? Je....

Le jeune homme fut interrompu par les félicitations d'un voisin qui avait appris le danger couru par lui.

La veuve continua son chemin, et le geôlier, qui la connaissait, se retira discrètement pour la laisser causer en liberté.

— Oh! Gascoyne! Gascoyne! fallait-il que nous en vinssions là! s'écria-t-elle, en s'asseyant auprès du prisonnier et en caressant ses mains enchaînées.

— Il faut se résigner, Marie. Le pire est de reconnaître que c'est ma faute.

— Il faut fuir, dit-elle résolument ; je trouverai bien quelqu'un pour nous y aider.

La veuve entreprit alors de décider le capitaine à profiter de la première occasion pour reconquérir sa liberté ; mais elle échoua, comme son fils avait échoué avant elle. Et pourtant, en écoutant les accents du dévouement sublime de cette amie, qui se déclarait prête à affronter tous les dangers pour contribuer à son salut, Gascoyne ne restait point insensible.

Si Montagne, comme représentant de la justice, voulait lui rendre la liberté, en considération des services que, lui, Gascoyne, avait rendus à tous durant cette dernière période, il l'accepterait avec reconnaissance ; sinon..., à la grâce de Dieu.

Voyant qu'il était inébranlable, Mᵐᵉ Stuart quitta la prison pour se rendre chez Montagne.

Le jeune capitaine la reçut avec une bienveillance marquée ; mais quand elle exposa ce qu'elle attendait de lui, il secoua la tête d'un air pensif et répondit :

— Il m'est impossible de vous accorder cela ; nulle puissance humaine ne peut le soustraire au jugement qu'il a encouru.

— Ce qu'il a fait pour vous ne peut-il entrer en ligne de compte? plaida la veuve.

— Chère madame, vous oubliez que je ne suis pas son juge; si je l'étais, je saurais ce que j'ai à faire, et vous auriez satisfaction, car je sympathise avec vous du plus profond de mon cœur; mais je ne suis que le mandataire de la justice, chargé de favoriser son cours et non de l'entraver. J'ai arrêté un pirate qui se reconnaît pour tel, mon devoir m'oblige à le conduire en Europe et à le remettre entre les mains de ses juges. C'est ce que je ferai sous huitaine, quelque regret que j'éprouve à vous désobliger, vous qui prenez un tel intérêt au prisonnier.

— Oh! monsieur Montagne, vous l'avez dit, nul ne lui porte plus d'intérêt et à plus juste titre; cela vous influencera-t-il plus favorablement envers lui si je conviens devant vous qu'il est mon mari?

— Votre mari! s'écria Montagne en sursautant sur sa chaise, qu'il quitta bientôt pour se promener de long en large avec agitation.

— Oui, dit Mme Stuart en se couvrant le visage de ses deux mains. J'avais espéré que ce secret mourrait entre lui et moi; mais le désir de contribuer, si peu que ce soit, à lui sauver la vie, m'a déterminée à vous le révéler.

— Croyez-moi, chère madame Stuart, nul n'aura connaissance de ce qui se passe entre nous, dit le jeune homme. Je m'engage à employer en faveur de votre mari toute l'influence dont je puis disposer ; mais je ne puis pas, je n'ose pas prendre sur moi de lui rendre la liberté.

— Oh! monsieur Montagne! sanglota la pauvre femme.

— Je crois pouvoir vous répondre qu'il aura la vie sauve, dit le jeune commandant d'un ton encourageant.

— Et qu'adviendra-t-il de lui? demanda M⁰ᵉ Stuart en frissonnant.

— Il sera condamné à la déportation....

— Pour combien de temps?

Le jeune homme hésita. Il n'osait point prendre sur lui de répondre : A perpétuité. Mais la pauvre femme le lut dans son regard. Et, se levant, elle quitta la chambre et regagna sa demeure d'un pas incertain qui trahissait le trouble de son âme.

XII.

A quelques jours de là, Gascoyne le pirate était assis
dans sa cellule. Le moment de son départ pour l'Europe
approchait, et si maître de lui que fût cet homme four-
voyé, mais non avili par des évènements malheureux,
il voyait venir l'heure de se séparer des siens avec une
angoisse croissante.

Pourtant, le matin encore on était venu le supplier
de se prêter aux projets de fuite qu'on lui soumettait
incessamment, de se conserver à cette famille qui lui
était si chère et qui l'aimait avec un tel dévouement,
en dépit de ses erreurs et de ses fautes passées. Il était

resté inexorable. Il avait répondu que rien au monde
ne pouvait l'arracher au sort qu'il avait mérité ; il avait
engagé sa parole de laisser libre cours à la justice, il
se faisait un point d'honneur de tenir cet engagement,
dont tous, excepté lui, discutaient la valeur.

Et maintenant il songeait.

Par moments, un profond soupir lui échappait, et,
par une impulsion soudaine, irrésistible, il joignit les
mains. Le bruit de ses chaînes retentit aussitôt dans
l'obscurité de la prison avec un son sinistre, et le
plongea dans un nouveau courant d'impressions, car
il se cacha la figure et commença à se parler à demi-
voix.

— Ah ! se disait-il, cela devait finir ainsi ! Que de
fois j'ai prévu ce triste dénouement, quand j'étais
encore libre comme l'albatros sur le flot mouvant de
l'Océan ! Combien je m'en voudrais d'avoir agi comme
je l'ai fait, si je n'étais sûr, au fond, d'avoir accompli
un devoir en rompant, coûte que coûte, avec un passé
odieux ! Et pourtant, je pouvais conserver mon indé-
pendance, continuer à défier les lois, à creuser encore
l'abîme qui me séparait de mes bien-aimés ! Combien

peu ils se doutent de l'effort que j'ai dû faire pour
m'humilier ainsi devant eux ! Mais c'était l'orgueil qui
m'avait perdu, je voulais le vaincre à mon tour. J'avais
dit : « Il n'y a pas de Dieu, » et Dieu m'a trouvé et
contraint de le reconnaître pour mon maître. Oh ! ma
mère, qui l'eût dit, lorsque je faisais ma prière age-
nouillé contre ton cœur, et que tu serrais mes petites
mains dans les tiennes, qui l'eût dit que ton fils finirait
ainsi, et cela pour avoir nié Dieu !

Un douloureux soupir souleva sa poitrine ; au bout
d'un instant, il reprit :

— Ce n'est pourtant pas que je redoute la mort.
Que de fois l'ai-je bravée en face ! Que de fois elle a
reculé devant moi ! Oui, mais c'était autre chose !
Aujourd'hui, elle me produit un tout autre effet. Quel
étrange bouleversement sa seule pensée produit en
mon âme ! Je ne me reconnais plus. Ah ! il n'est pas
trop tôt que cela finisse ; assurément cela ne tardera
pas, car, je le sens, je suis condamné d'avance. Que
Dieu ait pitié de moi !

Et Gascoyne retomba dans un morne silence. Il fut
arraché à sa pénible méditation par un bruit de pas et

un murmure de voix qui semblaient monter de dessous
sa fenêtre. Peu après, la clef tourna dans la serrure
et la porte grinça sur ses gonds, mais l'obscurité resta
aussi complète. Un certain mouvement indiqua seul
au prisonnier que plusieurs personnes franchissaient
le seuil de sa cellule, sans toutefois qu'il pût préciser
leur nombre. Il fut naturellement surpris d'une visite
aussi tardive et de la manière quasi furtive dont ses
visiteurs s'introduisaient chez lui. Mais il avait fait vœu
de se soumettre sans murmurer à tout ce que l'avenir
lui réserverait de plus inquiétant. Il savait d'ailleurs
qu'il ne pouvait s'attendre à beaucoup de ménagements
de la part des colons de Sandy-Cove, dont il avait pu
juger le degré de mauvais vouloir le jour de son embar-
quement sur le cutter perdu. Il ne manifesta donc
aucune émotion ; mais il n'eût plus été le Gascoyne
que nous connaissons, s'il n'eût réprimé une violente
tentation de s'élancer et de vendre chèrement sa vie.

La porte de la cellule fut poussée et refermée à clef
avec les mêmes précautions, puis il entendit marcher
près de lui.

— Est-ce vous, geôlier? demanda-t-il.

— Vous saurez assez tôt qui je suis, répondit une voix rude dont les accents ne lui étaient pas absolument inconnus.

Quant aux autres individus entrés en même temps, ils s'étaient sans doute arrêtés auprès de la porte, car Gascoyne avait beau prêter l'oreille, il ne distinguait aucun bruit. L'homme qui avait répondu à son interpellation se dirigea vers la fenêtre et déploya une épaisse couverture. La nuit étoilée répandait assez de clarté pour que le prisonnier pût apercevoir les bras levés du nouveau venu pendant cette opération qui, une fois accomplie, rendit les ténèbres pour ainsi dire palpables.

— Et maintenant, pirate, dit tout à coup l'homme en découvrant une lanterne sourde qu'il avait jusqu'alors tenue cachée, et dont il dirigea le rayon lumineux sur le visage austère du prisonnier, avec ou contre votre gré, il faut que nous ayons un petit bout de conversation. Dans le cas où il y aurait des regards indiscrets dans le voisinage, vous voyez que je leur ai brûlé la politesse.

Gascoyne écouta avec surprise ce début familier,

mais pas un muscle de son visage ne bougea.

La lanterne lui avait déjà révélé quelques points importants, à savoir que son visiteur était un matelot trapu et qui semblait doué d'une force physique singulière, et que trois hommes, également d'une taille et d'une vigueur peu communes, se dissimulaient dans un coin, près de la porte, et avaient, Dieu sait pour quelle raison, leurs chapeaux de paille rabattus sur la figure.

— A nous deux, maître Gascoyne…, commença le matelot en s'asseyant sur le coin de la table du prisonnier et regardant celui-ci bien en face.

— Ah! vous êtes Dick, le maître d'équipage du *Talisman*, interrompit Gascoyne, qui venait enfin de se rappeler où il avait vu ce visage qui lui était familier.

— Non, monsieur le pirate, je ne suis pas le maître d'équipage du *Talisman*, ou je ne serais pas ici ce soir. Je l'ai été, mais le malheur arrivé à cet infortuné bâtiment m'a déchargé de mes fonctions. Pour en revenir à ce qui nous occupe, j'ai des raisons de supposer que vous comptez nous glisser entre les doigts.

— Vous vous trompez, mon ami, dit Gascoyne avec

un sourire triste ; rien n'est plus éloigné de ma pensée.

— Je ne sais pas si c'est loin de votre pensée, mais toujours c'est près de vos intentions, à ce que l'on m'a assuré, répondit le marin d'un ton sévère.

— Eh bien ! on vous a trompé, mon brave ; si M. Montagne vous a envoyé pour faire le quart auprès de moi, il n'a fait que vous priver inutilement d'une nuit de bon repos. Si j'avais eu l'intention de m'enfuir, j'aurais commencé par ne pas me rendre.

— Je n'ai rien à voir là-dedans ; on dit que vous êtes un homme entêté, et l'on ne peut jamais répondre de ce que feront des gens de ce caractère. Du reste, je ne suis pas venu pour discuter cette question, surtout avec *vous*, monsieur le pirate, mais pour obéir aux ordres que j'ai reçus, et je vais m'y conformer sans plus tarder.

Gascoyne, amusé, en dépit de lui-même, par l'originalité de son singulier visiteur, se contenta de sourire et attendit en silence son bon plaisir.

Dick posa sa lanterne, se dirigea vers la porte et revint avec un rouleau de cordes neuves et solides.

— Vous voyez, dit-il en déployant sa corde et en

faisant un nœud coulant à l'extrémité, je suis envoyé
pour vous empêcher de mettre à exécution vos intentions — quelles qu'elles soient — en enroulant quelques
mètres de cette ficelle autour de vous. Maintenant,
voici ce que je veux savoir : si vous vous soumettrez
de bon gré à cette petite opération, ou s'il faudra se
battre.

— Assurément, c'est m'infliger bien gratuitement
un traitement indigne, s'écria Gascoyne avec colère.

— Ça peut être gratuit, mais on dit que c'est
nécessaire, et il faut que cela soit, continua l'homme
en s'assurant avec les dents de la solidité du nœud
qu'il avait fait. Du reste, un pirate ne devrait pas se
montrer si difficile. Quant à moi, je ne demande qu'à
remplir ma mission sans bruit et sans ennui.

Gascoyne s'était levé, mais, en s'entendant rappeler
au sentiment de sa culpabilité, il se laissa retomber
sur sa chaise en murmurant :

— Vous avez raison, j'obéirai.

Et il ajouta mentalement :

— Tu n'as que ce que tu mérites, misérable.

De ce moment, il ne fit plus aucune résistance et se

laissa lier les bras aussi solidement que le maître
d'équipage le jugea à propos. Quand ce fut fait à son
entière satisfaction, l'homme alla chercher un ciseau
et un marteau et ordonna à Gascoyne de placer ses bras
de manière à ce qu'il pût faire sauter ses menottes.

— Elles sont inutiles, expliqua-t-il avec bonhomie,
puisque les bras sont une bonne fois réduits à l'impuis-
sance. Maintenant, j'ai encore une petite misère à
vous faire subir, puis ma tâche sera terminée. Asseyez-
vous sur ce lit, car je ne suis pas aussi bel homme que
vous, et je ne pourrais pas vous nouer convenablement
cette serviette sur la figure.

— Quoi ! encore ! s'écria Gascoyne avec un mouvement de rage ; ceci, vous en conviendrez, est superflu.
Je vous ai dit que je me soumettrais sans murmurer à
tout ce que vous voudriez ; vous ne me prenez pas,
j'espère, pour une femme ou un enfant capable de se
mettre à pleurer si on lui fait du mal ?

— Non ; mais comme j'ai l'ordre de vous transférer
de cette prison dans une autre, il est tout naturel que
je tienne à vous empêcher de prévenir tout le monde
que vous partez pour la campagne ou pour ailleurs,

car j'ai entendu dire qu'il y a de vos amis qui complotent pour vous faire évader.

--- Ne vous ai-je pas assez répété que je ne voulais point m'enfuir, et que, par conséquent, je ne profiterai pas des généreuses dispositions de mes amis? Des amis, du reste, en ai-je, moi? Ceux à qui j'eusse donné ce nom savent que je pars demain, et de toute la journée ils n'ont pas remis les pieds dans ma prison.

Gascoyne s'emportait.

— Chut! monsieur le pirate, pas si fort; vous voyez que ce n'est pas sans raison que je veux vous mettre une sourdine; ce ne sera que pour peu de temps, d'ailleurs, et vous ferez mieux de vous laisser faire sagement, ou je serai obligé de me faire aider.

Et il désigna les trois hommes qui restaient immobiles et silencieux dans l'ombre.

— C'est de la lâcheté, dit Gascoyne, qui ne pouvait plus se contenir. Ah! si j'avais seulement mes deux mains libres, je vous ferais bien voir....

Il se tut, et, par un violent effort, réprima le défi qui lui montait aux lèvres.

— Allons, allons, fit le maître d'équipage, ne vous
fâchez pas, monsieur Gascoyne ; je ne vous crois pas
si noir qu'on vous a fait et je suis disposé à vous être
agréable ; si donc vous voulez me donner votre parole
d'honneur de ne pas prononcer un seul mot, de nous
accompagner gentiment et d'obéir à tout ce qu'on vous
dira de faire, non seulement je vous dispense de la
serviette, mais je ne vous mets plus le moindre bout
de corde. En revanche, si vous ne prenez pas cet
engagement, je vous ficelle comme un saucisson, et
nous vous emportons d'ici comme un sac de blé. C'est
à prendre ou à laisser.

Gascoyne avait reconquis son empire sur lui-même.
Il sourit légèrement en répondant :

— Comment pouvez-vous me demander ma parole
d'honneur? L'honneur d'un pirate! n'en fait-on pas
bon marché?

— Peut-être; mais il peut tout de même en avoir
un petit reste, et je m'en contenterai. Si vous n'en avez
pas, donnez-moi votre parole ; ça suffira.

— Après tout, que m'importe? fit Gascoyne avec
résignation ; je suis fou de regimber ainsi ; faites votre

devoir, mon brave, quel qu'il soit, je vous promets
de ne plus résister.

— Ça ne suffit pas; prenez l'engagement que je
vous ai demandé.

— Je le prends, dit Gascoyne d'une voix austère.
Je vous en prie, cessons de plaisanter et dites-moi où
vous avez ordre de me conduire.

— Il n'en est pas temps encore; vous le verrez
bien. Tout ce que vous avez à faire est de marcher à
mon côté et de suivre les instructions que je vous
donnerai.

Le prisonnier ne répondit pas et bientôt il se trouva
au grand air. Vainement il chercha à reconnaître les
trois hommes qui accompagnaient son gardien; il ne
distinguait que les longs manteaux dans lesquels ils
s'enveloppaient. Ils traversèrent ainsi le village et
atteignirent une petite crique abritée. De derrière un
grand arbre se détacha une forme d'enfant qui se
dirigea vers Dick.

— Tout est-il prêt? demanda celui-ci à voix basse.

— Tout, répondit l'enfant.

— La femme aussi?

--- Elle est à bord.

-- Maintenant, monsieur Gascoyne, dit le maître d'équipage en lui désignant une embarcation, vous allez monter dans ce bateau et prendre place auprès de l'individu qui y est déjà.

-- Avez-vous le droit de me donner cet ordre? demanda Gascoyne avec hésitation.

-- J'ai le pouvoir de faire exécuter ce que je commande, répondit l'homme tranquillement. Souvenez-vous de votre promesse, monsieur le pirate, ou bien....

Il n'acheva pas sa phrase et indiqua seulement du geste les trois hommes groupés autour de lui, muets à rendre jaloux les muets des sérails orientaux.

Gascoyne comprit qu'il était absolument en leur pouvoir; il enjamba le bateau et fut s'asseoir à la place qui lui avait été assignée; mais il était trop préoccupé pour donner seulement un regard au nouveau compagnon qu'on lui adjoignait.

Ce n'était d'ailleurs pas étonnant, car il avait beau tourner et retourner les choses dans son esprit, il ne parvenait pas à se les expliquer d'une manière satisfaisante. Que signifiait le mystère dont ses gardiens s'entouraient? S'ils étaient les agents autorisés de la loi, pourquoi avaient-ils assourdi les rames dont ils se servaient pour gagner le récif d'abord, la pleine mer ensuite? Et s'ils n'étaient pas les agents de l'autorité, qui étaient-ils et que voulaient-ils faire de lui?

Le bateau était grand, à demi ponté et compris de manière à pouvoir supporter une grosse mer et résister au besoin à la tempête. Il n'eût avancé que lentement, si les quatre hommes qui maniaient les rames n'eussent été d'une force peu commune.

Dès qu'on eut franchi la barrière des récifs, les voiles furent hissées, et Dick prit le gouvernail. Une bonne brise ne tarda pas à se lever, et l'embarcation fila alors gaiement, laissant après elle un long sillon d'écume éblouissante.

Pendant quelques minutes, on distingua les sommets de l'île qui se détachait sur le ciel en une masse noirâtre; elle s'effaça lentement, et il ne resta plus de visible sur l'Océan que la silencieuse embarcation qui absorbait toute l'attention de Gascoyne.

— Nous le tenons, enfin! s'écria tout à coup Dick, parlant pour la première fois de la soirée sans chercher à déguiser sa voix. Il n'y a plus de danger qu'il s'échappe ! A votre tour.

Un des trois muets se leva alors, ouvrit un grand couteau et se dirigea vers Gascoyne. Mais il passa derrière et se contenta de couper les cordes qui le retenaient.

— Père, te voilà libre ! dit alors Henri Stuart.

Gascoyne tressaillit ; cependant il n'avait pas encore laissé échapper l'exclamation de surprise qui lui montait aux lèvres, que sa main droite était serrée entre celles de son compagnon et que la voix tremblante de Marie disait d'autre part :

— O Gascoyne ! pardonne-nous, *pardonne-moi*. Tu ne voulais pas, et nous voulions !... J'étais bien au courant de leur projet, mais on m'avait caché la violence qui te serait faite.

— La violence ! interrompit Dick en riant. Je m'en rapporte à vous, monsieur Gascoyne, ne vous ai-je pas traité avec autant de douceur qu'un agneau ?

— Ah ! quel bonheur de rendre sa langue à son usage naturel ! cria alors notre ami Bumpus avec un grand soupir de soulagement. Allons, Arthur, un hourra qui nous dédommage du silence que nous avons gardé.

Les voiles furent hissées, et l'embarcation fila alors gaiement.

Tandis que l'équipage se livrait à ces démonstrations

bruyantes, Gascoyne répondait ainsi à sa femme en la pressant sur son cœur :

— Jamais tu ne m'as joué un méchant tour depuis ta plus tendre enfance ; tu es restée et tu resteras mon bon ange, Marie. Que Dieu te récompense.

— Et maintenant, père, tu n'as plus d'objection à recouvrer la liberté ?

— Ne parle pas de cela, enfant, dit Gascoyne avec un triste sourire. Il est plus difficile de distinguer son devoir sur l'immensité qu'entre les quatre murs d'une prison. Il faudra pourtant bien y revenir.

— Y revenir ! exclama Bumpus avec indignation. Quoi ! vous vous figurez que nous vous laisserons faire ! Avisez-vous de toucher au gouvernail pour mettre le cap sur l'île, et tout capitaine que vous êtes, nous mesurerons quel est le plus fort de nous deux, dit-il en appuyant son bras nerveux sur l'épaule de Gascoyne, presque de manière à renverser ce dernier.

— Pardon, père ; mais tu n'as pas voix au chapitre. Tu es seul contre tous.

— Peut-être devrais-je exercer mon autorité

paternelle et l'obliger à me reconduire à Sandy-Cove.

— Qu'il s'y essaie ! Nous ne le laisserons pas faire, dirent tous les autres d'une seule voix ; nous avons eu trop de peine ce soir.

Et il fut tacitement conclu qu'on ne parlerait plus du passé.

FIN.

Rouen. — Imp. MÉGARD et Cᵉ, rue Saint-Hilaire, 130.

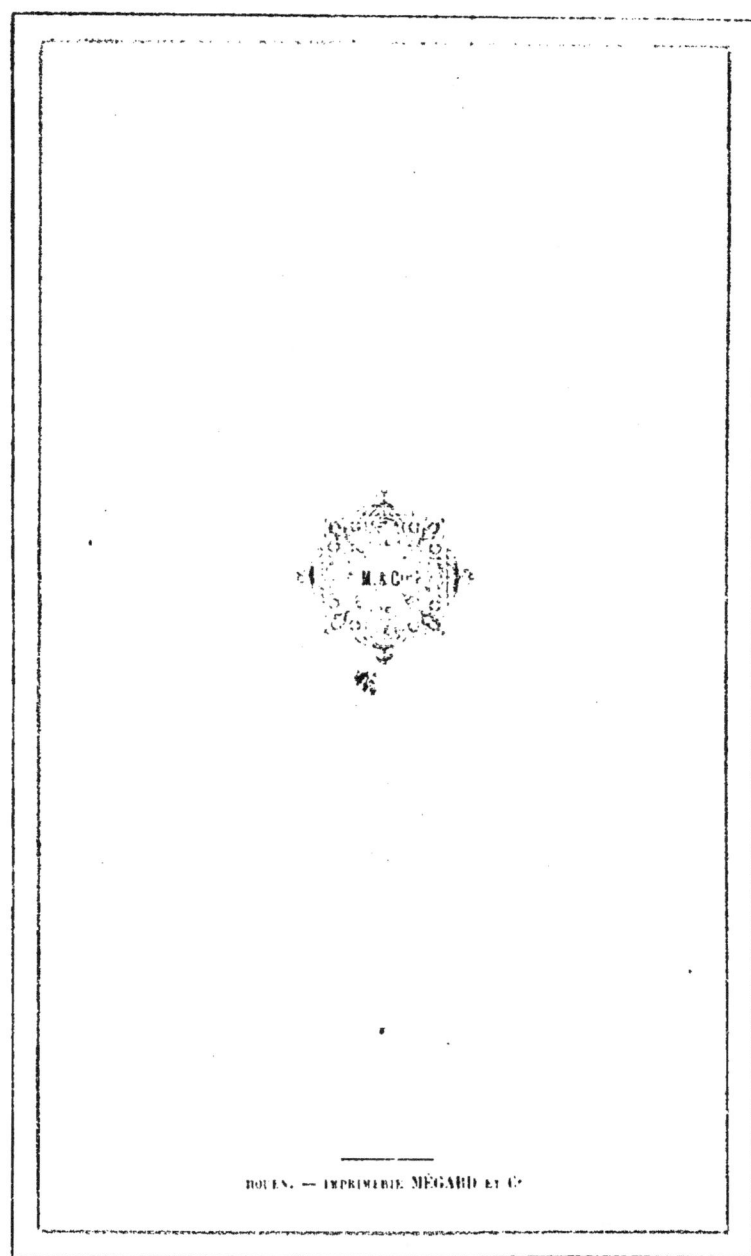

ROUEN. — IMPRIMERIE MÉGARD et C.ᵉ